轉身酒吧

官雨青——著

推薦序

轉身之後，面對的是……

文・林珮瑜（劇作家）

除了演員可以透過演戲真實短暫體驗不同的人生外，大部分的人都活在自己的人生裡扮演自己。

倘若有一天能透過「轉身」短暫變成另一個人，代替他過原本屬於他的人生，你願意嗎？

身為創作者的我，有些時候在編劇或小說創作的過程中，會利用想像力將自己代入故事中的某個角色，用一個類似「觀落陰」的方式進行創作。在編劇教學的課堂上，也會跟同學們分享自己這樣的經驗，只要故事人物設計得夠立體、夠真實，只要能夠專注到進入心流的階段，他們就會透過你的身體告訴你屬於他們的故事。

有點玄吧，但這是真的。特別是在寫驚悚、恐怖題材的時候，曾經有過在寫恐怖故事的時候不太敢拉浴簾的經驗，總覺得浴簾背後有什麼，搞得自己那段時間只敢在白天洗澡，如果不幸拖到晚上，就要放音樂壯膽。

閱讀有趣的地方在於被文字觸動內心或透過內容印證人生經驗。

要非常非常討厭自己的人，才能進到轉身酒吧。

小說才讀到第二頁，就被這句話吸引。簡單的陳述，點出現代人對自己的焦慮，無論是外貌、知識、能力、財富……大多數人看自己，不滿意的地方多過於滿意，或多或少羨慕別人擁有而自己沒有的東西。

我們都太習慣掃臉和按指紋，而沒想到有一天，也許我們不再是自己。

最近和朋友們在討論網路科技對生活的影響，這句話勾起當時討論的回憶，書中將ＡＩ技術做為犯罪偵防系統的設計，在緊湊的故事裡可見對ＡＩ用於偵防上的利弊省思，在「轉身」為他人的奇幻元素外，又加入理性的科技增添閱讀的趣味。

閱讀的另一個樂趣是被文字引導進入故事人物的設定，經歷他們故事裡的冒險旅程或是武俠世界的豪氣干雲；更有甚者，在閱讀過程中與創作者的鬥智，找出兇手或是在真相大白的結局之前想出創作者的巧思與布局。

閱讀可以因touch mind而感動或思量，也能因解謎而燒腦且痛快。

《轉身酒吧》給我的感覺就是痛快！

以台灣著名的軍購案為線串起男女主角艾利克和蘇菲轉身生活的驚奇旅程，透過兩人的視角以及轉身角色的切換，隨著兩人面對的案件交叉編織出奇幻與懸疑的故事，轉折再轉折的情節讓人燒腦且驚奇。作者紮實的法律背景下，透過文字描繪出的法庭攻防緊湊且真實；還運用今年開始施行的國民法官制度……虛擬的小說世界與真實世界的時事、法庭制度，何嘗不是另一個鏡像世界。

最後的蘇菲是誰？

艾利克真的是艾利克嗎？

在轉身的世界裡，最後誰是誰，仍帶著懸疑的餘韻，讓人反覆思忖。

目錄

楔子

這世界上很多顯而易見的細節被忽略。如果仔細觀察身邊的人，就會發現他們跟平常不太一樣，像是為人正直的大樓管理員突然和女主委搞外遇，一向小氣的老闆漢娜突然大發九個月的年終獎金，端莊的秘書當眾摳起鼻孔，從不吃辣的同事賈斯汀突然找我去吃麻辣鍋……

一個人如果性情大變，總是被解釋成精神異常、中邪、被附身或認識了壞朋友。又或許是大家都太小題大作了，例如管理員可能只是主委的老公，想要增加夫妻情趣而已。

但其實不是那樣，他們有個秘密，只是不會告訴你——真相是，他們都曾去過「轉身酒吧」，和另一個人交換了人生。在轉身酒吧，我借了漢娜的身體，發了三倍的年終獎金給我自己。至於我的秘書或賈斯汀跟誰租借人生，我完全不想過問，租借人生這種事，只要你情我願就好。

當然，偶爾也會有些副作用——當我覺得賈斯汀的法律意見寫得很爛時，他告訴我那不是他自己。漢娜要我幫客戶洗錢，事後卻說那時她變身成偶像天團Black Pink。而我美麗的秘書和我的死對頭上床，當對方的太太提告時，她竟然說那個太太前一天答應和她交換身體。

於是法官就崩潰了，只能用喪失行為能力下判決，原來法院這麼多需要精神鑑定的案子，可能都是這樣來的。要是他們知道有轉身酒吧這件事，一切就迎刃而解了。

或者變得更複雜——誰能證明自己在做壞事的時候，其實身體裡住的是別人呢？因此，舉證責任就變得很重要，到底檢察官應該證明被告是他自己，或是被告應該證明犯罪時的那個人不是他自己？

說到這裡，應該有很多人都嚮往進入轉身酒吧，變身成為另外一個人。但能進入轉身酒吧的人，必須要擁有某些先決條件，才能取得「入場券」。那不是真的一張卡片，大部分的人會收到一個古錢幣，而我則是一幅畫。

要說起這件事，或我怎麼發現那個地方，必須從兩年前開始說起。我在一棟本來即將被拆的老房子裡發現了那間酒吧，一開始我還以為自己穿越到一九四九年，但其實不是那樣。那是一個和現實世界左右相反的空間，有點像走進鏡子裡，又不是真的一模一樣，至少鏡像空間裡不會有像灰塵那樣的東西。走進鏡像空間，和一個人交換人生之後，再回到現實世界享受成為那個人的快樂，聽起來很美好，我一開始也是那麼想。

當一個名叫蘇菲的女孩問我說：「我可以跟你交換身體嗎？」就像愛麗絲開啟夢境小門，交換人生就像在圖書館裡和剛認識的女孩交換聯絡方式一樣容易。先別急著問它的運作方式，因為，並不是每個人都能進到轉身酒吧。

依據蘇菲的說法，我之所以能進到酒吧，是因為我具備某種心理缺陷——我很討厭自己；以賈斯汀來說，他喜歡穿女裝，有了轉身酒吧，他就可以假裝自己是因為和一個女人交換了人生，才會穿女裝。沒錯，要非常非常討厭自己的人，才能進到轉身酒吧。但關於我為什麼不但討厭自己，還很惹人厭，必須從我的職業開始說起。因為我是「黑心律師」。

我看到不能再同意的表情——「黑心律師」真的有夠討人厭，我完全理解、同意並且舉雙手支持。但自從認識蘇菲之後，我的人生徹底被改變。因為轉身酒吧，我不再那麼厭惡自己，甚至變成拯救世界的英雄。

第一章　艾利克——我變成女記者那件事

黑心律師艾利克

我經常一個人出差。一年到頭，我不是正在搭飛機，就是在前往機場的路上。

此時此刻，我正在機場的禮賓通道上行進。飛越數個時區後，等待我處理的，如果不是某中東王子的私募基金，就是一家等著被收購的銀行。甚至，一樁軍火交易。

搭機或降落往往在清晨或深夜。地上有未乾的雨，自動感應的路燈還亮著，我的心數著路燈前行，第一支，第二支……第一百二十支——家近了，或遠了，我老早就分辨不清。

是回家就好了，如果那也能稱之為家的話。

多希望有個女人在家等我，不是那種留宿個一兩夜，而是我願意為她設定專屬指紋鎖的女人。這種願望似乎不切實際，既然成為黑心律師，最好不要有太多牽掛，萬一哪天橫死街頭也說不定。

總還是有別種律師吧？每天打開庭期表，一個禮拜只需要開五、六個庭，有正常的家庭生活，幫當事人解決婚姻或債務問題，每天規律地接送小孩上小學。如果能那樣該有多好。所以我再也不參加同學會，他們的生活讓我嫉妒。

「今天需要轉機嗎？」禮賓人員打開車門。像往常一樣，他們收走了我的護照和行李，引領我進到貴賓室。這時通常會有一小時的獨處時光，牛肉麵我早已吃膩，水果和甜點的選擇不多，把菜單上每種調酒都點一遍，再坐著機場的高爾夫球車直通登機門，那通常是最後登機廣播，上機後，我會把握時間寄完最後一封信，才依依不捨地開啟飛航模式。

「黑夜很快就過去了吧。」從飛機的窗戶往下看時，我這樣想著。起飛那一刻，喝了調酒的我漸漸入睡，接著這個城市就甦醒了。一直都是這樣，用頭頂著世界的腳，日夜相反地生活著。

結果這次我才出差去英國十天，就被某個大咖地產客戶著急地叫回來。那是中山北路的條通也安靜下來的台北時間早上五點。

「都說好要拆了，突然來了一群人靜坐，說這裡很快就會變成暫定古蹟！」林董暴跳如雷地說著，而我還陷在大不列顛的時差漩渦裡。

我昏昏沉沉地跟著林董和他的特助，從中山北路轉進某一條小巷，小巷的兩邊亮著四四方方的招牌，我們走進一間老舊的旅社，門口有一個廉價的半圓型木桌，上面擺了一台古老的映像管電視，轉鈕已經脫落，旁邊放著一根老虎鉗，電梯門口有一盞昏黃的燈，像工地裡那種臨時的小燈，只有一顆燈泡而沒有燈罩，因為長期使用而發黑，以一種摩斯密碼的頻率閃動著。

「別進來，有鬼。」我覺得它應該是傳達這種訊息。

電線沿著牆壁走，因為沒有釘牢，半邊垂了下來，上面布滿灰塵和蜘蛛網。另一邊是只容得下一個人行走的窄長樓梯，樓上有人要走下來，樓下的人就必須先等著。

我以為我們要搭電梯，沒想到特助卻往地下室走去，那裡就完全沒燈了，我們三個人靠著手機手電筒在黑暗中前進，林董推著特助往前走，一直嫌他走得慢，自己卻不敢走第一個。

「很久沒人住了吧？」為了降低靈異感，我開口說。

「——啊！」特助突然往後倒，我跟林董跟著大叫，三個人撞成一團。

林董氣得罵了一串髒話。特助無辜地說：「大律師，你幹嘛突然講話啦！」

「我沒講話啊。」看到特助慘青的臉，我不禁笑了出來，惡作劇讓我稍微清醒一點。

「早就關了啦，陰森森的，誰還敢住。」林董說。

「過了這麼久，還聞得到焦味喔？」

「死了三十三個人啊，失火的是隔壁，連這裡都還聞得到焦味，你就知道有慘。」

「拆一拆比較乾脆啦，這種地段，租不出去真是浪費。」

我們繼續用閒聊壯膽，終於把短短的樓梯走完。

特助害怕地摸著牆，想找燈的開關，空氣中瀰漫著死老鼠的味道，燈終於亮了，原來我們在一個玻璃門前面，門口有一個被丟棄在地上的老式霓虹招牌，寫著「百樂門酒吧」，四邊的霓虹燈已經破了好幾顆，那黯淡的招牌像是跟我們說，老子退休了喔，別來吵。

跟剛剛陰森森的樓梯相比，這裡看起來正常多了，還殘留著當初應該是很繁華，復刻的上海灘風情。

林董說：「白天叫人多裝幾顆燈。」

「需要嗎？反正都要拆了……」特助半提醒半確認。

林董看著簡陋的門，沒好氣地說：「這樣也能叫暫定古蹟喔？」

「聽說當初連瓷器都是上海運來的，要在這裡重建小上海。」

「那又怎麼樣？火燒後，還有人敢來嗎？」

「這不是重點啦，重點是很多名人政要都來過，當年戒嚴時代，只有兩個地方有舞池，一個是這裡，一個是美軍招待所。聽說美國總統也有來過，他用過的杯子被供起來，都不敢洗。」

林董吐槽說：「不敢洗？是要留ＤＮＡ喔？」

「當年美國大兵愛死這裡了。下一站就要去越南打戰，能不能活著回家都不知道。」特助秀著他有限的歷史知識。

誰不知道中山北路以前的繁榮，都是靠美軍和日本人一手撐起？我想的跟林董一樣，只是沒有說出來。除非有驗DNA，不然把我喝過的杯子供起來，說這杯子美國總統用過，誰知道是真是假？如果房子因此就不能拆，那全台北市的都更都不用做了。

整合這一塊地上百個地主，養地就花了二億，又放了四年的時間，好不容易可以都更了，竟然遇到一群自稱是搶救古蹟的文史工作者，說這間酒吧是中美歷史的見證，絕對不能拆。不就是間廢棄的鬼屋嗎？為什麼不能拆？

「這時候，就是比速度！先拆先贏，跑公文也要時間。」我看向特助說。

特助很有默契地看了我一眼。「上次西門町的釘子戶，也是艾利克律師幫忙解決的。」

林董走進酒吧，一邊看著裡面的東西，嘴裡還不斷地碎唸：「東西都沒搬走，是跑路喔？」

我看到用床單蓋起的紅色沙發，吧檯櫃裡有喝到一半的酒，桌上有台老式的留聲機，是那種黃色大喇叭，可以播黑膠唱片的留聲機。沙發、桌子和吧檯都被床單蓋住，上面蓋滿了厚重的灰塵。高一階的舞台上，還立著一支供人站著唱歌的麥克風。

牆上掛著好幾幅畫，我仔細看著其中一張旗袍仕女畫。「這些你們通通不要喔？」

「律師想要嗎？畫裡的女人晚上會出來陪你睡覺喔！」特助露出很曖昧的笑容。

我順手拆了那幅旗袍仕女圖，裡面的女子挽著高頭，骨感又纖細，穿著高領旗袍，兩手交叉放大腿上，高叉的旗袍自然落下，露出完美的腿部曲線。這幅畫看上去很乾淨，不像旁邊的畫積滿灰塵，我隨手拍拍，就直接抱在懷裡。

「律師，像這樣的地方發生火災也很正常吧？」林董環視四周，轉頭問我。

「反正不會死人。這棟大樓很久沒人住了，來裝燈的工人亂丟菸蒂的話，這些酒會燒起來也不意外啊……」特助幫腔。

我眨眨眼說：「放火是公共危險罪喔。」

「當年隔壁棟的西餐廳大火，燒死三十幾個人的兇手也沒抓到啊，現在我不過是燒壞幾張桌子……」

「那件事也三十幾年了吧？」

他們一言一語地說著，我卻開始想像這裡曾有的榮景，把十里洋場搬到台北，不管是韓戰啊、越戰啊，進來這裡什麼都忘了。

但我那時並不知道，百樂門酒吧的存在這麼重要，它不能拆，怎麼能拆。那和鄉愁無關，和政治無關。

只因為這間不起眼的酒吧，藏著一個不為人知的秘密。

鏡像空間

離開了中山北路，我終於回到久違的床，現在相當於倫敦時間半夜兩點，我把窗簾放下，阻隔台北的大太陽。剛剛帶回來的仕女圖還放地上，我在床上翻了一下還是睡不著，想著不如把它掛起來吧！

躺在床上，我端詳著畫裡的女人，和抗日神劇裡的女特務還真有幾分神似。一如以往，我從床頭拿出安眠藥，配水吞了下去。

迷濛間，我又回到那棟建築。這次不同的是，空氣中沒有霉味，而是花露水的香味，幾個穿著旗袍的女子往地下室走去，而我身上穿了合身的西裝。但我不記得自己買過灰色西裝，而且款式會不會太復古了一點？

我跟著穿祺袍的女子走下紅色地毯，到了地下室，又看到早上那個玻璃門，而且門口的霓虹招牌閃閃如新。

舞台上，有一個女子捧著麥克風唱歌，那歌聲真好聽，我忍不住走近。是她。畫裡的那個仕女就活生生地站在我面前唱歌，鮮豔的紅唇，微捲的及肩中髮，髮的左側別了水鑽髮夾，波浪的貼額瀏海，三吋的細高跟鞋，身體隨著音樂柔媚地左右搖擺。

這是怎麼回事？分明已經廢棄的酒吧突然變得有生氣，畫裡的女人躍然眼前，唱著令人酥軟的歌。我眼前的紅色沙發，早上看的時候明明還蓋了床單，上面布滿厚厚的灰塵，現在卻像上了新蠟。

仔細觀察，這地方和早上的百樂門酒吧有點像，卻不是一模一樣，除了沒有床單和灰塵之外，原本沙發在舞台的左邊，現在卻在舞台的右邊，而牆上的畫原本在舞池的右邊，現在卻在舞池的左邊。且整排的畫，也剛剛好缺了一幅。

此時，我突然想上廁所。我找到了廁所，才走進去，一個女人就走出來和我擦身而過，我嚇了一跳，以為自己走錯，退回門口又看了一眼，上面明明畫著一根煙斗，另一邊的門畫的才是紅色高跟鞋。於是我再走進去，看到了小便斗，我十分肯定，走錯的是那個女人，不是我。

當我拉下拉鍊小解時，又看到一個男人走進來，進了其中一間廁所。等我去洗手，後面傳來沖水聲，門打開，我從鏡子裡看去，走出來的又是一個女人。但剛剛進去的明明就是男人啊！

於是我學著那些人，也走進廁所，再走出來，然後照照鏡子。什麼也沒變。一定是我看錯了。

我回頭看著空空如也的廁所，裡面已經沒有人了，剛剛進來的男人跑去哪裡了？我是不信鬼的人，這不是真的，一定是哪裡出錯了。

於是我走去吧檯，酒保微笑地抬頭問說：「今天想喝點什麼？」

「這是哪裡？」

「轉身酒吧。」

「轉身酒吧？」我重複了一次。

「不是，這裡是百樂門酒吧。」我很肯定地說。

旁邊的女人淡定地喝了一口酒，一邊說：「你沒有發現這是一個鏡像空間嗎？」

是那個畫中仕女跟我說話！

「蘇菲，他需要一點時間理解。」酒保說。

「哪有這麼難懂？就是一個跟現實世界左右相反的鏡像空間而已。」

「難懂的不是這個部分。」酒保遞給我一杯酒。

「蘇菲？」我看著那個嫵媚的女人，原來她有一個很現代的名字。

「你心中應該有某種遺憾吧？通常來到這裡的人，對現實生活都有不滿，或是很討厭自己。」蘇菲一邊說著，一邊輕輕地用鞋跟輕撓我大腿，「你……曾經嫉妒過誰嗎？」

嫉妒？我嫉妒很多人，我嫉妒我的同學，他們有正常的家庭生活，我嫉妒我的老闆，他們賺的錢比我多。

「或者，你不喜歡自己？」

我非常討厭自己。如果可以，我不想當黑心律師。

「還是，你有什麼願望嗎？」

我有很多願望，我希望能為某個女人加指紋鎖，我希望不要再過日夜顛倒的生活，我希望不要一直在不同的時區醒來。小時候讀童話故事，我早就想好，如果仙女問我，可以許三個願望，你的願望是什麼？我要告訴她，我的第一個願望，就是可以再許一百個願望。

但這不是童話故事，她也不是仙女。我突然恢復理智。「這是詐騙吧？」

「你可以試試看啊！在這裡找一個人，跟他交換人生。」

「交換人生？」

蘇菲看了我一眼：「你是律師喔？應該很多人會想跟你交換，像我就很有興趣。」她用魅惑的眼神靠近我。

「妳怎麼知道我是律師？」

「你背後有寫，但價錢是空白的。你看這裡每個人的背後，都有租借時間標價，單位是每分鐘。」

我看了看四周，在我右前方穿西裝的男子，他背後有投影文字，寫著「馴獸師，五百元。」我左前方穿綠色旗袍的女子，她背後的投影文字是「秘書，三百元」。

「所以，我可以花三百元變成一個秘書？」如果能變成漢娜的秘書，我一定要偷看老闆的薪資條，看她一年到底賺多少錢。

「雖然說是變身，你只能成為這個年代還活著的人，而且他也必須進來轉身酒吧，不能穿越到古代或未來，或是像鬼一樣，隨便附身到一個人的身上。你懂我的意思吧？」蘇菲試著解釋。

真可惜，那我就不能偷看我老闆的薪水了，除非漢娜的秘書也進到轉身酒吧。

我突然睜大眼睛。所以我可以變身成另外一個人，我終於不用再做黑心律師了？這念頭突然讓人感覺到興奮。

「算便宜一點吧，你一小時多少錢？」蘇菲問我，她身上的香水聞起來好舒服。

我沒有回答她的問題，律師一直都是這樣，只活在自己的世界裡。「要怎樣才能跟別人交換人生？」

「就像這樣——」她把一張紅心K的撲克牌放到我手上。

「然後很禮貌地問對方：我可以跟你交換身體嗎？」蘇菲神祕地說。

艾利克夢遊仙境

我被自己的鬧鐘驚醒，看到牆上的仕女圖，旁邊不是吧檯，而是我的書桌和衣櫃，我發現自己原來做了一場夢，可惡，為什麼夢總在最美好的時刻醒來。

就在我覺得這不過是一場夢的時候，竟發現自己手上握了一張撲克牌的紅心K。

我嚇得把紅心K丟到地上，這怎麼可能？如果只是一場夢，我手上怎麼會有這張撲克牌？

一定是有人闖入我家，於是我檢查了門鎖，沒有被破壞的跡象，我再打開手機的App，電子鎖會傳送所有進出大門的時間，沒有任何人在這段時間進出。

難道是那幅畫？於是我把畫拆下來檢查，也找不出任何異處。但我真的見到畫中的女子，而且她還給了我一張紅心K。

於是我抓起車鑰匙，衝到百樂門酒吧的舊址，現在已經是晚上十一點，我看到更驚人的一幕。

廢棄旅館外圍的地上擺滿了小燭台，有一群穿著背心的人手牽著手，阻止怪手繼續前進，警察在現場維持秩序，怪手不敢往前開，人群也堅持不後退，大家就僵在原地。

而帶頭綁布條的，竟然是那個叫蘇菲的女人，此刻她穿得很正常，白色的襯衫和牛仔褲，而且魅惑的神情完全不見，身上掛著記者的工作證。

「蘇菲？」我叫她的時候，那女人轉頭看我。

她沒有說話，我們兩個互看著對方，她不是那副「你是誰」的表情，反而更像是「你怎麼會在這裡」，或是「你站哪邊」那種眼神。

而她後方的，是我剛剛在夢裡看到的那些人，只是他們穿著正常的衣服，不是旗袍也不是復古西裝。他們大聲喊著「保存古蹟」、「趕走無良建商」。

特助匆匆忙忙跑過來。

「艾利克律師！我們聽了你的建議，利用晚上時間偷偷拆，結果那個恰查某不知道哪裡得到的消息……」

我看著特助，再看向他說的「恰查某」。「那是上一個案子的建議。這棟樓快要被列成暫定古蹟，不能亂拆啦！」

「沒事啦，林董動用了關係，正式的文要二個禮拜後才會下來。就像律師說的，現在就是比誰速度快……」他意有所指地看著我。

「絕對不能縱火，那是公共危險罪！」

「律師為什麼看起來那麼緊張？」

我擦了一下額頭的汗：「不然，先讓我跟他們談看看吧？」

「有什麼好談的，地主都點頭了，他們又不是地主……」

我看了那群人，都是酒吧裡的熟悉面孔，只是換了件正常的衣服。

我轉頭看向特助：「給我個面子，今天先不拆。」

特助面有難色地說：「可是怪手好不容易開進來了……」

「那你慢慢拆吧，我先回家睡覺了。」看到特助猶豫的臉，我作勢轉身要走。

「律師，等等……」特助拉住我，「你真的有辦法喔？」

「你連演齣戲都不配合，我怎麼會有辦法？」

「演戲？好警察和壞警察那種喔？」

「你怎麼這麼聰明！」

「上次釘子戶那個，你已經用過一次了啊。早說嘛！」特助轉身又回頭。

「喔，對了，你想搬走那台留聲機對吧？那台很重，我會在那之前請人幫你送過去。」

我嗯了一聲，覺得奇怪。特助沒發現那個「恰查某」跟畫裡的女人長得一模一樣嗎？

特助再度轉頭，對著怪手司機大喊：「今天不拆了，收工收工。」

抗議民眾看到怪手離開，開始歡呼慶祝。

蘇菲走近。「喂！謝謝你！」

「謝我什麼？」

「你跟他們說了什麼？怪手就被嚇跑了。」

我心虛地嗯了一聲，隨口亂掰：「沒有事先申請，過晚上十點不能施工。」

「當律師真好，什麼都懂。」

「小事。妳真的是蘇菲？」我想著她說的那句話：我可以進入你的身體嗎？

「嗯，《異週刊》的記者蘇菲，很高興認識你。」蘇菲伸出手。

「我好像在哪裡見過妳。」這把妹對白真沒創意，但我這句話絕對出自真心。

「你就是那個很討厭自己的艾利克律師吧？」蘇菲走到前方，回來的時候手上多了兩瓶啤酒，其他人還熱鬧地慶祝著，我們避開人群，找了地方坐下。她貼心地幫我打開酒瓶，再把酒遞給我。「難怪會在轉身酒吧看到你。」

「轉身酒吧？」我又聽到這四個字，而且不是在夢裡。

「在轉身酒吧裡，每個人都可以變身成另外一個人，只是要付出交換人生的代價。說到這個，你還沒告訴我答案呢。」蘇菲喝了一口酒，轉頭看著我。

「什麼答案？」

「你啊，一個小時多少錢？」

我不是聽得很懂，但這裡是中山北路，也許這種問題很常見？

「五萬台幣。」我爽快地回答。

蘇菲突然嗆到。

老實說，我覺得以律師的收費來說，這樣沒有很高，她為什麼要嚇成這樣？

「這什麼價碼？我們兩人互換人生，你也可以享受當記者的樂趣啊。」

「我以為妳是問我每小時的費率。」

她又嗆到了，旋及睜大眼睛。「所以，如果我變成律師，一小時就可以跟客戶收五萬元？」

她說的沒錯，如果成為「黑心律師」的話。

我認真地看著她說：「如果你變成律師，我應該中間抽一手，收個六萬塊。」

「看來我這輩子都買不起了。史瑞克，你叫史瑞克對吧？」

「是艾利克。」

「明明就差不多。艾利克，答應我，你不會讓轉身酒吧被拆掉吧？」

我看著蘇菲的眼睛。當然不會，因為我要拆的，是地下室那個荒廢很久的百樂門酒吧。

「如果現實世界的酒吧不見，那鏡像空間也會跟著消失，從此以後就沒有變身這件事了。」蘇菲悲傷地說。

鏡像空間，我又聽到這四個字。

蘇菲比著遠方。「一九六五年美軍加入越戰，在台北設立了美軍招待所，這周邊也跟著開了三十幾間酒吧賺軍人財，百樂門就是其中一間。」

我心想，那又怎麼樣，只是多了很多父不詳的混血兒。

「你有想過如果知道過幾天就會死，你想做什麼？」

我會想做什麼？這問題好難，我腦海裡浮現了那個西門町釘子戶的身影。

「那些軍人在酒吧裡玩開了，就直接去樓上的旅舍開房間。然後小姐們會帶著美軍，去晴光市場買漂亮衣服當禮物，隔天再把衣服拿去店裡賣，換現金回來。至於那些軍人……當然不會再回來了。」蘇菲喝了一口啤酒。

我點點頭，這不就是我幫客戶洗錢的方法嗎？在畫廊買一個藝術品，送給某個高官，那個高官再賣回去給同一間畫廊，換了比特幣，在南非做幾筆衍生性商品交易，再用電子錢包結算後換成美金，用美金在境外設幾間紙上公司，和台灣公司做幾筆假交易，錢就匯回來了。

「百樂門酒吧的小姐，當年都要通過中美聯合衛生檢查的。」蘇菲比著對街。「那一整排都是婦產科，那時流產手術還不合法，診所改用月經規則術招客，大家都知道那是什麼意思。」

「你不覺得很有趣嗎？酒吧裡什麼人都有，六〇年代的特務、美國大兵、懷念上海老家的高官、想從男人身上撈錢的小姐們……，這麼有歷史意義的地方，拆了多可惜！」

我也喝了一口啤酒。「妳蠻懂歷史的嘛。」

「只是對這裡有點感情而已。」蘇菲說。

都更、中山北路、百樂門酒吧、美軍招待所，這幾個關鍵字在我腦海裡盤旋，但沒有一個比變身更讓人困惑。

「我想變成一個好人。」我突然冒出這句。

蘇菲一臉困惑。

「妳剛剛不是問我，如果知道過幾天就會死，會想做什麼？我的回答是，我想當個好人。」我說。

蘇菲閃著水汪汪的大眼睛看著我：「但你看起來不像壞人啊！」

「謝謝妳。」我用我的酒瓶碰了她的酒瓶，作出乾杯的動作。

如果她知道我是為了要順利拆了百樂門酒吧，才會坐在這裡跟她喝酒搏感情，也許就不會這麼想了。

神祕的紅心K

我竟忘了問蘇菲最重要的事——到底要怎麼樣才能再遇見她。

不，我的意思是，我只是想要順利拆掉百樂門酒吧，才想跟蘇菲搏感情。與她講話很有趣、懂很多歷史，或是她很漂亮都無關。

認識一個人最重要的就是留下連絡方式，而我竟因為太過自信什麼都沒做，覺得只要打到《異週刊》的總機，或是回到轉身酒吧，自然能遇見蘇菲，

但總機說不能幫我轉電話，因為他們要保護每個記者，他們都是冒著生命危險，把不能說的事報導出來。至於轉身酒吧，我知道那是個鏡像空間，但要怎麼樣進到那個鏡像空間？

於是，我開始重複那晚我做過的每個動作：關起窗簾、躺在床上、吞一顆安眠藥。但這些事我每天都在做啊，為什麼那天就可以進到轉身酒吧？

就在今晚，當我重複做了那些事之後，神奇的事又發生了。

我不但進到轉身酒吧，還在轉身酒吧遇見一個新報到的同事。我曾經在電梯裡遇過他，但叫不出他的名字。這很正常，事務所有上百個律師，尤其是那些

實習或第一年的菜鳥，常常進來沒多久就受不了，不是自己辭職就是被事務所請走，當律師哪這麼容易，必須過著比鬼更像鬼的生活。

啊，賈斯汀！我想起來了，我還面試過他。

如果不是因為看到賈斯汀穿著西裝走進男生廁所，變成一個女人，再從廁所裡走出來，我這輩子應該永遠無法接受變身和鏡像空間這種事。

「我可以進入你的身體嗎？」這句話好曖昧。

但我環顧四周，這裡的每個人都是這麼直接：見到一個人，問這句話，交換手中的撲克牌，最後分別走進廁所。

所以轉身酒吧真的可以變身？當我想親口問賈斯汀的時候，他竟然不見了，於是我穿越人群，試著想找他，他才是跟我一樣，生活在同一個空間，又進到轉身酒吧裡的人。

但我才一轉頭，就發現蘇菲站在我身後。

「你在找誰？」

「我……我在找妳。」我思考了一下，講了一百分的標準答案。

「來吧，我請你喝酒！」

蘇菲搖著香臀往前走，我的視線被她身體玲瓏的曲線牽引著，像上了頸圈的小狗，和她一前一後地走向吧台，找了位置坐下來。

蘇菲點了菸。「艾利克，你有沒有想過，如果人生可以重來一次，你想成為一個什麼樣的人？」她對著我的臉吐了一口菸，等菸霧散去，我才看清楚她朱紅的脣，還有深邃的黑眼線。

我想成為一個好人。但怎麼可能呢？「艾利克律師」怎麼可能成為好人？蘇菲把她的煙遞給我，上面還有她的紅色脣印，我接過煙，抽了一口。

「如果沒有轉身酒吧，這些人會活不下去。你捨得看到這種事發生嗎？」蘇菲比著眼前在跳舞的人。

「有這麼嚴重？」

「你們律師好難溝通，是不是一定要『依據刑法第幾條，變身的構成要件有一二三四……』，這樣才可以？」她喝了一口酒，把脣印留在透明的酒杯上，然後把酒推到我面前。

我把酒杯轉過來，對準了她的脣印，乾了那杯酒。

兩個相疊的ＤＮＡ，還有那根菸屁股。我們眼神迷濛地看著對方。

就在我挪動身體靠近蘇菲的時候，一個震耳欲聾的聲音響起。我張開眼，按掉鬧鐘，坐了起來。

該死，為什麼要在關鍵時刻清醒！

我看了錶，現在是早上八點。我竟然睡到早上八點？長期受失眠所苦的我，吃了安眠藥之後，也許勉強可以在十二點前入睡，但四點就會醒過來，然後再也睡不著。而昨晚我竟然一覺到天亮？

我看著牆上那幅畫，同時發現胸口有個硬硬的東西，伸手一摸，是那張撲克牌。

這到底是怎麼回事？我抬頭，又看了看那幅畫。

進了辦公室，我急著尋找那個新人賈斯汀，但人資說，他上次只是來簽一些文件，正式就職要等二個禮拜。

至少確定我可以再回到轉身酒吧了。於是接下來的一個禮拜，我都用同樣的方法再回到轉身酒吧。我沒有看到賈斯汀，但我看到更多的男人進去廁所，出來以後變成穿旗袍的女人。

我吐了一口煙，認真地思考這個問題：這世界上真的有所謂的鏡像空間？因為廢棄的百樂門酒吧被拆，它的鏡像空間轉身酒吧也會消失不見？

現實世界的我是不抽煙的，我慢慢理解鏡像世界的美好。因為蘇菲她就坐在我旁邊，和我抽著同一根菸，喝著同一杯酒。

蘇菲大力捏了我一下。

「很痛耶！」

「遇到無法相信的事，通常會這麼做吧？」惡作劇之後，她吱吱地笑不停。

「我又沒有不相信妳！」我揉揉被她捏紅的手臂。

「所以你答應跟我變身了？」蘇菲的眼睛閃露出光芒，用她的紅唇湊近。

「如果……妳能更仔細解釋它的運作方式……」已經喝茫的我，口齒不清地說著。

蘇菲把我轉過來。「很簡單，進轉身酒吧之前，傑克會用一個ＡＩ儀器掃瞄你的臉，有一個標籤會附著在你背後，像投影畫面一樣，上面寫著你是誰，一小時多少錢。」

「像那個……」我試圖尋找那兩個人的身影，但眼前的東西變得愈來愈模糊。「馴獸師跟秘書？」蘇菲說。

「對對對！就是那兩個人！妳怎麼知道我要說什麼？等等……」

我摸摸身上的口袋，忘了自己本來想找什麼，又摸到那張紅心K，對，我就是要找這一張撲克牌。

全身輕飄飄的我，試圖保持清醒。

蘇菲一把搶走我手中的撲克牌。「你幹嘛拿著我的撲克牌？」

我問：「這不是妳之前給我的嗎？」

「不是平白給你，是想跟你交換。」蘇菲伸出手作勢討要。

「我沒有撲克牌。」我用食指調皮地在她面前晃了幾下。

「沒有！沒有！什麼都沒有！」我像魔術師一樣，張開兩隻手，在她面前揮舞著。講完後，我自己大笑起來。

「門口不是有一台發卡機嗎？」

「有嗎？」第一次走進轉身酒吧的時候，我跟著幾個穿旗袍的女子走進去，沒看到發卡機，也沒人把我攔下來。

「有啊，如果我們是同數字不同花色，表示我們的配對指數很高。」蘇菲的臉好紅，而我的身體好熱。

「不是那種配對喔，是交換人生的配對指數。」蘇菲迴避我的眼神，低頭啜著我們共飲過的酒。

她幹嘛故意解釋。

我趴在吧台桌上看著她，她好美。

「所以，轉身酒吧不是一九四九年的酒吧，而是二〇二五年百樂門酒吧的鏡像空間？像……愛麗絲夢遊仙境一樣？」

她也趴著，我們兩個的臉靠好近。「是成人版的愛麗絲夢遊仙境，要滿十八歲才能進來喔！」她用手指調皮地點了一下我的鼻尖。

我想像自己是當年的美軍，過幾天就要上戰場，可能再也回不來，眼前坐著一個東方旗袍美人，她正挑逗著我。

或者，我們只是兩個小學生，趴在桌上看著對方，好像中間有一面鏡子，我們像在照鏡子一樣，一直盯著對方看。

蘇菲問我：「你是用什麼進來的？」

難道進來也需要許可證嗎？啊，是那幅畫，我有點懂了。我重複著每日的日常，唯一不一樣的地方，就是牆上多了一幅畫。

喝醉的律師腦告訴我，我不能告訴蘇菲我拿走了那幅畫，這樣她就會問我為什麼要這麼做，我總不能告訴她，反正酒吧都要拆了，這種行為不算偷竊。接下來，她就會跟所有人一樣，開始討厭我。

有時候數著路燈，我會以為回家的腳步近了，卻又害怕其實是在相反的道路上，近了，其實是遠了。看到蘇菲，我第一次有這種感覺，覺得也許有一天，我會想為她設電子鎖的密碼。

於是，我決定阻止「蘇菲討厭艾利克」這種事發生。

「可能……是一本書？」

「難怪你沒有看到發卡機。有時候也會發生這種情形啦，上一次來酒吧的修鐘師傅，只是因為他修了一個一九四九年的老爺鐘，就從時鐘裡走出來了。下次我帶你從正門進來。」

連脖子和手臂都發紅了，蘇菲似乎不是個酒量很好的女孩。

我湊過去想親她，但她繼續正經地說話。

「正常的情況，傑克會發給他邀請的客人一枚一九四九年的錢幣，大概這種大小，」蘇菲試著用手比畫著，「拿著錢幣站在通往地下室的門口，就會走進……走進另一個鏡像空間，跟現實生活一樣的鏡像空間。」

一個錢幣怎麼可能這麼大，她比的大小，讓我想到家裡的冰箱。蘇菲應該喝醉了。

「嗯……鏡像空間。」也許再講個二十次，我就可以完全接受這種理論：每個我們所處的世界，都有一個一模一樣的鏡像空間。

我也醉了，醉了多好。

在鏡像空間的轉身酒吧裡，蘇菲不像蘇菲，我不像我，我們好像進入一種幻覺世界。

「如果拆了現實世界的酒吧，轉身酒吧就消失了。」蘇菲悵然地說。

她又問了一次：「艾利克，你會想辦法讓酒吧留下來吧？」

「我——盡力。」好像也只能這麼說了。喝醉的我，任性地趴在桌上。

「艾利克，在酒吧喝醉很危險喔，小心你的撲克牌被偷走。」蘇菲說這句話的時候，我只是笑笑地揮手。

「送妳吧！我不想要這個人生。」

我想起那次，我和那個釘子戶坐在熱炒店裡喝啤酒，他問我，艾利克律師，你會幫我們想辦法吧？

「我——盡力。」我那時也說了這三個字。

等蘇菲發現我是建商的律師，一定會恨死我，跟那個被騙的釘子戶一樣。

「史瑞克！史瑞克！你不要睡啊，我們再喝一杯！」

迷濛中，我感覺蘇菲用力地搖晃我的肩膀。

「我沒醉——」我大手一揮，竟碰到了一個柔軟的東西。

那是……蘇菲的身體？

一場火災

我又醒來，這次連鬧鐘的聲音都沒聽到，竟然已經是早上九點半。我感覺異常疲憊，全身肌肉酸痛，但我明明睡足了九個小時。進去洗澡的時候，我發現身上有幾處淤青。

昨晚到底做了什麼激烈的運動？

我只記得我和蘇菲約好，隔天同一時間，她要帶我從正門走進轉身酒吧。於是，我迫不及待地衝到百樂門酒吧門口，即便我已經早到半小時，沒想到蘇菲已經在那裡等我。

她把一枚錢幣放在我手上，她說：「我們一人一個。」

我戰戰兢兢地站著，蘇菲的表情像昨晚什麼事都沒發生一樣。

我看著閉眼的蘇菲，學著她手握緊錢幣，在心裡默數一二三四，一直數到五，神奇的事又發生了，我又看到那個閃著正常霓虹燈的百樂門招牌，我和蘇菲身上穿的衣服，也不再是我們剛剛穿的正常衣服。

這是我第一次醒著走進轉身酒吧。

她換上一件漂亮的旗袍，頭髮和妝容也變了，而我換上中山裝，臉上多了一副復古眼鏡，手上多了一個像一九四九年特務會拿的方型皮箱。我不是很滿意這身裝扮，這種特務，不就是歷史課本裡說的「抓耙子」，專門告密拿獎金的人嗎？怎麼跟我真實的身分這麼像？

「在這裡停一下，ＡＩ會掃臉，然後發一張撲克牌，你不要讓我看到上面寫了什麼，這樣才有驚喜。」蘇菲也拿了一張新的牌，把舊的牌塞進另一個洞裡。

「舊的牌會回收。」蘇菲轉頭跟我解釋。

還沒進入轉身酒吧的蘇菲知性又犀利，跟辦公室那些女律師一樣。進了轉身酒吧，旗袍上身，她便搖身一變，成為一個嫵媚慵懶的女人。但不管是哪一種，都深深吸引著我。

都到了這時候，我不得不承認，拆酒吧只是藉口，我回到轉身酒吧，就是為了接近蘇菲。

「衣服也可以預選，如果沒有選，就是隨機。」蘇菲比著眼前那台透明螢幕，認真地解釋給我聽。蘇菲沒有注意到我一直在看她，領著我走進轉身酒吧。

但裡面安靜無聲。

「傑克，留聲機呢？」

傑克愁眉苦臉地看著蘇菲說：「被偷走了，跟畫一樣。」

「可惡！一定是那個建商！下次看到那個小偷，我一定把他砍成二半！」蘇菲咬牙切齒地說，而我不由自主地抖了一下。

那傑克呢？有本事開一間轉身酒吧，會不會他有超能力，所以我說謊的事也騙不了他？

就在此時，我又聞到一陣菸味。是誰在抽菸？蘇菲沒有菸，我也沒有。我轉頭看向其他人，大家三三兩兩地坐著，沒有人在抽菸。

菸味愈來愈重，重到我們開始咳嗽。

鏡像空間！我突然猜到發生什麼事！

「蘇菲，在鏡像空間裡，也會有死亡這件事嗎？」

蘇菲聽不太懂，我慌張地解釋：「我的意思是，如果現實空間裡發生火災，那鏡像空間的人也會被燒死嗎？」

「當然會啊！空間是鏡像，但裡面的人是真的。」蘇菲毫不考慮地回答。

此時我趕緊大叫：「有火災！大家趕快逃！」

「火災？」當蘇菲還沒反應過來的時候，地毯開始起火。櫃子裡的酒瓶沒有人拿起，卻自己飄浮在空中，裡面的酒全部被倒出來，火愈燒愈旺，於是所有人開始慌張地往外跑。

我拉著蘇菲的手跑到門口，但蘇菲卻回頭去拉傑克。「傑克，你在做什麼？先跑再說！」

傑克不理會蘇菲，執意要回頭去拿牆上的畫。

蘇菲大叫：「沒有用的，那些畫在現實空間裡會被燒光！」

但傑克還是不肯停手，他激動地說：「他們怎麼可以這樣！」

我和蘇菲使力地把他拖出去，還好一開始煙不大，所有人都成功地離開了鏡像空間，看著火勢愈來愈大，大家都沉默不語。

「我們以後是不是永遠都不可能變身了？」一個客人哭了出來，他剛剛明明是又黑又亮的頭髮，穿著復古西裝，但一回到現實世界，卻變成穿短褲的中年阿伯。

「這裡就像家一樣。」另一個中年大媽也哭了。

「不！」傑克大聲地嘶吼，穿著白色襯衫的他，突然衝進現實世界裡那個起火的酒吧。

我和蘇菲來不及阻止傑克，蘇菲想了一下，也衝了進去。

「喂！裡面一堆易燃物，很容易燒起來的！」我在門口，看著他們兩個衝進去。

拿起手機報完警，我掙扎了一下。我不是來幫林董拆百樂門酒吧的嗎？但為什麼，我現在不但報了警，還想進去一起救火？

罵了一句髒話，我不管三七二十一衝進去。傑克挽起袖子，不斷地從廁所舀水滅火，蘇菲沾溼蓋住的床單，開始撲打火苗，我則開始搶救牆上的畫……

真相

最後靠著消防車把火勢撲滅。幸好大多數的畫都救了出來，我和傑克、蘇菲灰頭土臉地走出來，傑克一言不發地坐在路邊。

「一定有辦法的。」蘇菲坐在他身邊安慰他。

「也許……也許我們可以把搶救下來的東西放到另一個空間，再製造鏡像空間，就會有另一個轉身酒吧啊！」我也加入安慰的行列。

但傑克突然抬頭瞪著我，什麼話也沒說，好像他已經知道了什麼。

我本來以為完蛋了，他一定會告訴蘇菲艾利克是個抓耙子，是來臥底的，他從頭到尾就是為了拆百樂門酒吧而來，他早就知道有人會縱火。但傑克竟然什麼都沒說，只是一個人起身，走到遠處。

「算了，讓他冷靜一下，他一直都是這樣。」

「一直都怎麼樣？」

蘇菲說：「傑克知道很多事，但他什麼都不肯說，他說，他不能破壞這個世界的規則，也不能介入客人間的糾紛。」

「那傑克……他為什麼會有讓人變身的能力？」

「我也不知道，也許跟隔壁的那場大火有關。」

「死了三十幾個人的那場大火？」

「傑克說，以某個時間為軸心，同樣的災難事件也會對稱地發生。所以一九九五年的衛爾康西餐廳大火，就是一九九三年論晴西餐廳大火的鏡像事件。」

「那如果我們能找出那個規則，不就能避免災難的發生？」

「這是不可能的，因為時間軸心會移動，相同的事會一直發生，可是頻率會改變。」

對於變身和鏡像空間這種事，我還是半信半疑。我只聽過一種說法，有一艘幽靈船，它會出現在所有的火災現場，如果沒有接走足夠的人，它就會一直停留在那裡，不肯開走。

這世界上有許多無法解釋的事，但現在的當務之急，是我必須阻止林董拆了百樂門酒吧。我不是抓耙子，也不是臥底。也許一開始是那樣沒錯，直到我遇見蘇菲。

難道就沒有兩全其美的方法嗎？我是從來不會讓客戶失望的王牌黑心律師，一定有辦法的，我可以在蘇菲發現真相、開始討厭我之前，神不知鬼不覺地解決這件事。

於是隔天一早，我就去找了林董，但接待我的卻是特助。

「我覺得這樣下去不是辦法，抗爭愈來愈激烈，對董事長形象也不好，大家很容易猜到誰是縱火兇手……」我意有所指地看著特助。

「那律師有什麼好建議？」

「這個三千坪的建案，應該會有商場空間吧？」

「目前有這樣的規畫沒錯。」

「因為古蹟是那個仿照一九四九年上海百樂門的酒吧，反正它在地下室，只是犧牲掉幾個車位的空間，如果我們能把它重新整修，變成一個公共空間，用懷舊當賣點，還可以給劇組拍戲，一來保存古蹟，二來不用拆除，說不定還可以賺大錢！」我覺得自己真是非常有創意。

「你的意思是，都更就不動這塊？」

「不只不動，還要重新整修，把它變成一個賣點。」我繼續遊說。

「不會很詭異嗎？那裡一直有鬧鬼的傳聞……」

我心想著，哪是鬼，明明就是轉身酒吧。

「我把那幅畫掛在我家，也沒有發生什麼事，鬧鬼這種事，根本是自己嚇自己！」我很有自信地說。

「我會跟林董報告，看他有什麼想法。另外，公共危險的部分，就麻煩艾利克律師處理一下……」

我露出不高興的臉：「早就告訴你們不能這樣幹了！」

「意外、意外……」特助避重就輕地說，「但不知道為什麼，明明就沒人住的地方，竟然一下子就被發現……」

我不動聲色地喝了一口茶：「那個縱火的人……應該跑路了吧？」

「嗯，給了一大筆錢，應該早就出境了。」

「那這件事就這樣吧。」我轉身離去，背對著特助，露出得意的笑容。

艾利克律師這次不會再犯同樣的錯誤了，上次釘子戶的事，是個意外。這次，我不但可以保住百樂門酒吧，讓都更案順利繼續，蘇菲也會繼續崇拜我，甚至愛上我。肉體開始的愛情也是愛情，只是順序稍微顛倒而已。

至於那個轉身酒吧，老實說，它能不能繼續存在，我不是很在意。我只想再體驗一次那天喝醉以後發生的事。

愛上蘇菲

又過了一個禮拜。

我最近常會做夢，夢到我和蘇菲那晚的美好。很不幸我又要出差，而且不可能把那麼大張的畫裝進行李箱，只好忍痛讓自己暫時忘記轉身酒吧的事。但有時候突然靜下來，又會不小心想起。

生命中有很多等待的時刻，那通常是美好邂逅的開始，或恰恰好用來思念一個人。也許只是等結帳、等計程車或等紅綠燈這種人生的倒轉小沙漏。

我發現自己好想念蘇菲。不只是那晚發生的事，還有她講中山北路的歷史，以及帶頭抗爭時的身影，就連抽菸的她也好迷人。

昨天我在薩摩亞群島[1]剛開完一個庭，吃早餐等咖啡送來的瞬間，我又想起了蘇菲，一直想打電話給她，卻覺得唐突。如果我和她都在台灣，也許可以約在咖啡店見面，但我們卻在遙遠的地球兩端。

她會覺得奇怪嗎？我突然不見了。或是，她會每晚去轉身酒吧等我？

如果問她能不能視訊，或把我的早餐照片傳給她看，好像又很怪，那像是情侶間才會做的事。就在我十分糾結、在床上再度失眠的時刻，竟然發生了讓人意想不到的事。

蘇菲打來了。

「艾利克嗎？我是蘇菲。」

「蘇菲，好久不見！」

「是啊，抱歉突然打電話給你。沒什麼特別的事，只是想知道你最近過得好不好？」

唉，蘇菲比我大方多了。

1 薩摩亞群島（Samoan Islands）：位於南太平洋，許多境外公司都註冊於此，是著名的「避稅天堂」。

「其實我也一直想著這件事。但我現在在國外……」

「啊，有打擾到你的工作嗎？抱歉──」

聽到她一副內疚的口吻，我更不能告訴她，現在是薩摩亞的半夜兩點。「不不不，我的意思是，妳有Line嗎？如果妳剛好也沒事的話，我們可以聊一下，也許十分鐘就好？」

蘇菲很快就給了我她的Line ID，我們馬上改用視訊。

「因為很久沒有在轉身酒吧看到你，有點擔心。」蘇菲說著。

聽到這句話，我心中開起小花朵──原來她真的有去轉身酒吧等我？

我看到她的胸口掛了記者證，問說：「妳在工作嗎？」

「嗯，一個採訪的空檔。你怎麼知道？」

「沒有人會在台灣時間晚上九點，穿著襯衫，掛著記者證，站在大馬路上視訊。」

蘇菲笑了。「你真是一個注意細節的人。」

「沒辦法，職業病。古蹟的事解決了吧？」我拿起旁邊的枕頭墊在背後，開了小燈，坐了起來。

「對啊，建商說不拆了，要改成咖啡廳。」

「酒吧變成咖啡廳？這改變很大耶！」

「但傑克很洩氣，他的能力只能讓鏡像空間裡的舊沙發變新，灰塵不見，但沒有辦法做太大的改動，譬如把咖啡杯變成酒杯……」

「是喔……」我終於懂了，為什麼鏡像裡的沙發沒有蓋上床單。

「關於這件事，讓我再想想辦法吧，也許咖啡廳不是個好主意，和上海灘的風格很不搭。」

蘇菲聽到這句話，露出小女孩收到聖誕禮物的眼神。「你是說真的嗎？你有辦法？」

「只是試試看而已，不知道會不會成功。」

「你每次都不肯把話說滿，上次也說會盡力，結果就成功了。」

我心中充滿罪惡感，但怎麼能在這時候坦誠一切？

「真的好想成為艾利克律師喔！把價錢降低一點吧，讓我當一天的律師就好！」

「那我得先花時間訓練妳成為蘇菲律師。」

我忍不住吐槽自己，好爛的約會藉口啊，艾利克你就沒有別招了嗎？但認真「追女生」這件事，那是好遙遠的記憶。而轉身酒吧裡的艾利克可是個調情高手，還會含著女人唇印的酒杯，用勾引的眼神看著對方。

現實世界裡的艾利克，一直無法用正常的方式好好追一個女生。而現實世界裡的蘇菲，又是如此可愛又大方。

「我看很多法庭劇喔！是不是像這樣……」蘇菲變換了語氣。「Your honor, objection!」

蘇菲講完自己吱吱地笑，我也笑了出來。那笑容好熟悉，而失眠的我，此刻大腦已混沌不清。

「蘇菲，那天我喝了酒，我們有發生什麼事嗎？」

「沒有啊，你睡著了，一直叫不醒。」

可是夢裡明明就不是這樣。

「我想起來了，妳一直叫我史瑞克。」

「人家也喝醉了嘛！」

蘇菲竟撒起嬌，我整個人都酥軟了起來。

像嗑了藥一樣亂講話，我突然冒出一句：「蘇菲，等我回國，我們交往吧？」

「啊？」

蘇菲好像被嚇到了，是我太急了嗎？還是現在已經不流行這種說法。

「不是隨便講的，我是真的想了很久。這次出國，妳的臉一直出現在我的腦海裡，不管是坐飛機的時候、吃早餐的時候、還是上廁所的時候——」

「上廁所的時候？」蘇菲露出奇怪的表情。

我當然不能告訴她，最近她還常全身赤裸，走進我的夢裡。

「我只是舉例。如果太突然的話，就忽略這句話，我不想連朋友都做不成……不，我的意思是，如果太突然，妳覺得需要再想一想，那我們可以先做朋友。其實我真正的意思是，如果妳沒有男朋友，不討厭我這個人，只是覺得太突然，或是需要時間再想一想——」

她打斷我說：「艾利克，我以為我們已經在交往了啊！」

「啊？」換我嚇到，從床上跳起來。

蘇菲接著說：「老實說，很久沒有接到你的電話，讓人覺得有點沮喪……」

「啊，我本來是想，等到我這次回國，再約妳出來見面。」

蘇菲喔了一聲，忽然驚叫：「那是床嗎？你該不會在睡覺？對不起，都沒問你那邊現在幾點……」

「沒事沒事。」我抹抹臉，讓自己看起來有精神。

「你人在哪裡啊？」蘇菲問我。

「那個……」我快速在腦海裡搜尋和台灣同一個時區的國家，「新加坡！我在新加坡。」

「那就好。我還以為你是半夜被叫起來，才會神智不清地表白。」

「怎麼可能！我現在清醒得很。」我努力把眼睛張大。

「那麼，已經交往的對象應該可以打個折吧？如果偶爾交換身份的話。」

「一邊交往，一邊自己變成女朋友，那很容易錯亂吧？一不小心就會很想牽起自己的手。」我終於恢復艾利克律師的幽默水準。

「那可是我一直以來的夢想呢！如果偶爾能成為對方，那應該更能體諒彼此吧，不會說『你怎麼都不洗內褲』這樣的話。」

「不洗內褲？」我好像抓到了什麼關鍵字。

蘇菲緊張地揮揮手。「我只是舉例而已。」

「妳還留著那張撲克牌嗎？」

「嗯，我偷偷藏了起來，沒有放進回收箱。」

「那麼，妳相信命運嗎？」

「你該不會把撲克牌帶出國了吧？」蘇菲驚訝地看著我。

「我們數到三，一起拿出來？」

「如果不是同數字怎麼辦？」

「妳不會這樣就不肯跟我交往了吧？」

「如果是這樣，不知道會不會比較好……」

「如果不想知道，妳怎麼會留著那張撲克牌呢？」

蘇菲尖叫出來：「你是蘇菲的鏡像吧？我想什麼你都知道！」

所以她是認真的要跟我交往嗎？我開始緊張了，萬一真的不一樣怎麼辦？於是我閉起眼睛，我們兩個一起數一二三……

睜開眼睛的那一剎那，我們一起叫出聲。

「你是紅心Q！」

「你是梅花Q！」

「我真不敢相信！」我一說完，鏡頭裡蘇菲便開心地繞圈圈。

雖然這不是交往的配對密碼，但如果一個人是左撇子，另一個人是右撇子，交換人生一定很快就被發現了。因此，能交換人生，那必須是很契合才行。我們的愛情，從兩張同數字的撲克牌開始，是一件再美好不過的事。

「你現在終於相信，人和人也會像鏡像一樣地存在吧？就是這世界上有一個人，他和你什麼都一樣，唯一的差別就是，她是女生，你是男生。所以即使交換人生，也可以很自在地用另一個人的身體生活著！」蘇菲開心地說。

蘇菲是鏡子裡的艾利克，只有性別是相反的，這是我聽過最美的說法了。

接著，我們聊了不只十分鐘，不只二十分鐘，而是一個半小時，一聊完我很快就睡著了，而我竟然忘了吃安眠藥。

這是我近八年來，第一次不用吃安眠藥就可以入睡。

我們發現彼此有很多共通的地方，譬如我們都穿二十六號鞋，那是女鞋的特大號，男鞋的特小號，她很難買鞋，我也是。特大或特小的鞋都容易缺貨，因為這世界是為了多數同質性的人而存在著。

而且彷彿有某種上天巧妙的安排，我們都曾經在同一個時點去過某一個地方，譬如我在義大利談一個併購合約時，她剛好在被併購的那家百貨公司逛街，或是我在新加坡見一個家族辦公室的總經理，她剛好陪台灣的科技團隊去參加新加坡金融科技展，而我們曾經在同一天、同一個時間、在同一家亞坤吐司的分店買午餐。

於是我們會努力想起那天排隊的時候，是不是有另一個講中文的台灣口音，像山洞迴音那樣地出現，只是男聲和女聲的差別，就是這類微不足道的小事，每天都可以和她講電話講到睡著。

也許有一天會講完，或是有新的巧合發生，所以我們可以一直這樣聊下去。蘇菲就像我的鏡像人生一樣，完美地存在著，我幾乎不敢相信有這麼美好的人，她就在前方等著我。

有個問題我們一直不會提，像手碰到滾燙的鍋爐一樣，會自動地縮回，那就是我們從哪裡來的這件事，譬如提到父母或兄弟姐妹。我們會自動地迴避那個話題，但並不是在路邊看到一隻橫過馬路的蝸牛那樣，必須等牠慢慢地爬過再避開，而是很自然地往前走也不會踩到。

不用特別低頭看路，我和蘇菲就這樣一直向前走，像認識了一世紀這麼長，她才剛從畫裡走出來，又走進那個視訊畫面，最後住在我心裡，我們甚至連牽手都還沒有就開始交往了。

至於那天我喝醉之後發生什麼事，也許已經不重要了。薩摩亞的訴訟拖得特別長，此刻我真是歸心似箭，我家在台北，無庸置疑，而且我不再是孤單一個人。而我曾經是建商的抓耙子這件事，將成為我心中永遠的秘密。

第一次變身

從機場回來要經過高架橋，如果要直奔中山北路的那條小巷，還會經過很多盞路燈。夜裡的燈影特別長，接送我的黑色賓士開過去時，我想像著鏡像空間裡的我和蘇菲，也會是兩個長長的背影，她會說出「艾利克，你終於回來了」、「我好想你」這類的話。

然後我會送她我在機場買的高跟鞋，用我的腳親自試過的，即使是鏡像，左右腳也不致於相反吧。雖然西裝筆挺的我穿上高跟鞋走路，好像在演「鞋貓劍客」，那時店員露出不置可否的眼神，但與其和店員解釋鏡像空間這種天方夜譚，拿出信用卡還實際些。

關於相聚的畫面，我已經在腦海裡複習過太多次，以致於靠近時都心跳加速，這不會是真的，我該不會又是在做夢吧，心中一直喃喃唸著這幾句話，無法思考也無法看路，以致於當車子轉進巷子的那一剎那，我完全嚇傻了。

從車窗裡看出去，原來的破舊旅舍只剩下一片碎瓦礫，還有半面未拆完的牆。我不敢置信地衝下車，怎麼會這樣？

蘇菲沒接電話，於是我馬上撥給林董，也轉語音信箱，最後我終於找到特助。

「你不是答應我不會拆掉百樂門酒吧嗎？」我氣急敗壞地說。

「艾利克律師，你是認真的嗎？我還以為你在開玩笑。」特助一副無所謂的樣子。

「不是已經劃成暫定古蹟了嗎？」

「謝謝你幫我們勸走了那群抗議的民眾，現在沒有人來抗議了。林董說改天再請你吃飯。」

我抓起他的衣領：「你們怎麼可以這樣？」

「艾利克律師，這招你之前不是用過很多次了嗎？假裝要和解，最後再乘其不備，上次對那個釘子戶也是這樣——」特助比出一個割喉的姿勢，我忍不住揍了他一拳。

「你瘋了？」他抹去嘴角的血。

「對，我是瘋了，瘋了才當你們的律師！」我氣得摔門而出。

我走出門的時候，天空突然下起大雨，司機拿出傘來，輕聲地問：「回家嗎？」

上車時，我又看了那片碎瓦礫一眼。什麼都沒了，就跟我的薩摩亞愛情一樣，像做了一場夢，沒有什麼鏡像空間，我本來就是孤單一人，一直都是。

蘇菲是什麼時候知道的？上飛機關手機前，我們明明還情話綿綿，她問我相不相信星星也會對稱地存在？如果一顆星星想念另外一顆星星，即使無法在一起，也會很努力地發光，想辦法讓對方看見。她說，如果我真的喜歡她，當我照鏡子的時候就會看見她。

我本來也不相信，但當我回到家，正要走進電梯時，我看到電梯的鏡子裡有個人。

「蘇菲？」我驚訝地回頭。

她臉上掛著兩行眼淚：「艾利克，真的是你嗎？其實你是幫他們做事的？」

「蘇菲，妳聽我說！」我想解釋什麼，但她摀起耳朵。

「我是幫他們做事沒錯，但我沒有騙妳——」就在我說這句話的時候，電梯門打開，一個巨大的紙箱立在我家門口。

「這是什麼？」蘇菲問我。

我當然知道那是什麼，也終於懂了特助的意思，他會在「之前」幫我送過來，指的不是火災那件事，火災只是個幌子，讓和解看起來更真實——先設計成由於火災事件，他們怕落人口實，因此不得不退讓，外界才覺得和解不會是假動作。

而真正讓林董成為贏家的，其實是我，因為我取得了蘇菲的信任，她們才會離開那裡，讓怪手有機會靠近。

「蘇菲……」

「告訴我，它不是那台留聲機……」

「這是陷阱！蘇菲，我跟你一樣被設計了！」

「但你不是很厲害的艾利克律師嗎？」她困惑地看著我。

我多麼希望我是。

「妳要怎麼樣才肯相信我？我真的不是抓耙子！」

「那張撲克牌……」

撲克牌？我趕緊從錢包裡拿出珍藏的撲克牌。

蘇菲說：「我要真相。」

我隨即會意過來她想做什麼。

她問：「你要什麼代價？」

「不用任何代價，妳想用多久都可以，只要能證明我的清白！」

蘇菲把她的撲克牌交到我手上，我們像是交換聖誕禮物那樣，互換了手上的牌。

我低頭看著自己，雖然沒有照鏡子，但我腳上穿的是出門穿的高級皮鞋，身上穿的是那套名牌西裝，那雙手是單手張開就能握住籃球的大手掌，什麼都沒有改變，我就知道變身這種事只是浪漫的想像，怎麼可能用一張撲克牌，就和另一個人交換人生呢？

蘇菲說：「我需要去一下洗手間。」

蘇菲一說完，我馬上按了指紋，讓蘇菲走進我家。

她先是好奇地繞了一圈，在我的房間裡看到了那幅畫。

她一直盯著那幅畫，目不轉睛。

「這裡也有一間廁所嗎？」蘇菲走進主臥的浴室。

接著，我先聽到了沖水聲。然後是開門聲。

看到蘇菲走出來的那一刻，時間彷彿凍結，我趕緊扶住牆壁，以免自己昏倒。

那是艾利克！我看到了自己，但我面前沒有任何鏡子，這到底是怎麼回事？

「對不起，艾利克。」蘇菲的聲音變得低沉，趁我不注意，搶走了我握在手上的手機，掃臉解鎖。

「蘇菲——不對，艾利克……」我突然變成女聲，趕緊衝進浴室裡照鏡子。

我還是艾利克的臉，但怎麼可能有兩個艾利克？而且是蘇菲聲音的艾利克！

「忘了告訴你，要先進浴室，沖一下馬桶，舊的軀殼才會被沖掉，不然你會變得四不像。而且，必須是同一間廁所的馬桶——」變成艾利克的蘇菲一說完，便迅速走出大門離去。

我衝去門口，發現大門被反鎖了，蘇菲的動作這麼迅速，竟然用電子鎖的App把我反鎖在屋內。

於是我再回到廁所，像蘇菲說的那樣，沖一下馬桶，這時候，神奇的事發生了，我的手和腳開始起變化，接著是凸出的胸部，消失的腋毛，皮膚變得白皙光滑，我轉身看著鏡子裡的自己。

此時我又想起蘇菲說過的話。如果我真的喜歡她，當我照鏡子的時候會看見她。原來我真的喜歡她，舉目所及都是她。

看著鏡子裡的自己，我終於相信有變身這件事——因為我成了蘇菲。

蘇菲是誰

我開始回頭爬梳這整件事。

我被拉進這起案子，拿走一幅畫，進入轉身酒吧，以為自己是抓耙子，在鏡像空間遇見蘇菲，被蘇菲灌醉，不知不覺愛上她，正當我害怕別人把我當抓耙子的時候，蘇菲變成我，我變成她，然後我被自己鎖在自己家裡。

這一切像是一場陰謀，與其說是真愛，更像是女間諜騙取情資的慣用伎倆。蘇菲到底是誰？我照了鏡子，試圖從那張臉找出一點端倪。

這問題太難了，而我的肚子開始咕嚕叫。正要拿起平板訂外送，才想到門被鎖住了，我連出去拿外送都不行。我打開櫥櫃，還剩下一包過期一年的泡麵。

我試著打開平板，卻忘了密碼是什麼。我們都太習慣掃臉和指紋解鎖，卻沒想到有一天，也許我們不再是自己。

我可以報警或是找鎖匠來，但就得要解釋為什麼蘇菲會被鎖在艾利克家裡——沒有人會相信變身這種事，他們會以為我殺了艾利克；或是另一個版本：艾利克把我囚禁在這裡，他是個變態。

沒有更好的選項嗎？當然有，就是去煮開水。我必須先解決眼前的飢餓，填飽肚子之後，才有力氣去想怎麼對付蘇菲。

於是，過了十五分鐘，我面前擺著一碗熱騰騰的泡麵，打開電視，看著一部叫做《Tinder大騙徒》的影片。

那部片講的是，這世界上很多寂寞的人，因為在網路上認識了某個人，相信自己遇到了真愛，最後發現是場騙局。寂寞的確讓人變得脆弱，就像我現在一樣。

我打開泡麵的蓋子，香噴噴的味道襲來，那味道好熟悉，我突然覺得快樂變得好簡單。我摸著自己的肌膚，那是蘇菲的身體。

她畢竟把她自己的身體交給我了，失去艾利克，卻換到了蘇菲，這是詐騙還是真愛？如果只是想騙一個人，她怎麼會把自己的身體交出去呢？

在練滑板的時候，有一種兩邊高起的U型池，我就像滑板選手一樣，在悲傷與快樂之間上下擺盪，一下我相信自己戀愛了，一下我覺得這只是詐騙。

難道蘇菲就像諜報劇中俄羅斯女間諜接近英國特務那樣，她要的只是「我這個黑心律師的情資。但在戲裡面，俄羅斯女間諜通常會愛上英國特務。那蘇菲除了完成她的任務之外，會不會也不小心愛上我了？而且戲裡女間諜通常會跟特務上床，特別是在兩人都喝醉之後。

我拿起餐桌上的鹽罐和胡椒罐，玩起「蘇菲愛我」、「蘇菲不愛我」的遊戲，就在此時，我聽到遠處傳來聲音。那聲音很陌生，又有點熟悉。是手機提醒聲！我開始四處尋找聲音的來源：沙發底下、地板、房間……原來她把手機放在浴室的置物架上，是故意的嗎？

找到了蘇菲的手機，我毫不猶豫地掃臉解鎖。手機跳出的提醒是「文森的生日」。文森是誰？就在此時，蘇菲的手機響了，是「男友」打來。

「男友」？我顫抖地拿著手機，不敢把電話接起來。如果是一個陌生男子，那將是五馬分屍的痛。如果那個男子剛好叫文森，我會毫不考慮地把手機，甚至是自己沖進馬桶。

我閉起眼睛拿起電話，像腦袋抵著一把左輪手槍一樣，等著扣下扳機。

「艾利克，你還好嗎？」

聽到自己低沉的聲音，我張開眼睛，幾乎要哭出來。蘇菲的男友是艾利克，不是文森，不是別人，是我熟悉的艾利克！

「不太好。」我邊說著，邊擦掉額頭上的冷汗。好像剛剛才在一堆電線中選了一條剪下去，最後炸彈才沒有引爆。

蘇菲完全沒有要哄我的意思，而是正經八百地說：「你可以開一下鏡頭嗎？

我有點想念自己的臉。」

她略帶命令的口吻，和之前的溫柔可愛或嫵媚慵懶判若兩人，更何況現在她是以艾利克的身分說話——我第一次發現，原來我連聲音都這麼討人厭。

我聽話地打開鏡頭。

「這樣好多了。對了，大門旁的那個箱子有你需要的所有東西。」

所以箱子裡不是那台留聲機？

「原來的那台留聲機我送給傑克了，你不反對吧？」

是有點捨不得，但我還是故作大方地搖頭。

「ＭＣ來的時候，每四個小時要換一次衛生棉，如果肚子痛，可以喝一點紅豆水，懶得煮的話，就吃點咖啡因，像咖啡或巧克力。只有ＭＣ來的時候才能喝大杯的焦糖瑪其朵喔！手機裡有卡路里計算器，一天不能吃超過一千二百大卡。箱子裡大罐的是身體乳液，小罐的是面霜，我在盒子上都有寫使用方法跟順序，有些順序不重要，但是像化粧水和乳液，順序顛倒就不行，出門要穿內衣，手機裡有教學影片，每天要跑三十分鐘，一個禮拜要上一次瑜珈課。好像就這些了……啊，還有，不能吃像墨魚那類的東西，牙齒會變黑！」視訊裡，艾利克手托著下巴，很認真地說話。

「所以我可以出門了？」我用蘇菲的聲音嬌嗔地說。

「嗯，我幫你解鎖了，記得擦防晒喔！」

「蘇菲……」我有好多話想問她。

「現在別問。」

「那什麼時候可以問？」

「等我辦完事。」

「妳要辦什麼事？」

「你之後就知道了。」

「我覺得很受傷。」

「沒有那麼嚴重嘛，我需要做對的事，所以偶爾需要你的身份。」

做對的事？她不知道艾利克是黑心律師嗎？

「如果人生可以重來一次，你想成為一個什麼樣的人？」蘇菲的提問再次在我腦中浮現。所以，蘇菲可以讓艾利克成為另外一種律師？

「對了，你今天要面試新助理，一個叫英格莉的小女生，她很優秀，曾經在銀行交易室當過交易員，記得不要太兇，前幾個助理做不到一個月就被嚇跑了。」蘇菲認真地交待。「你也要努力讓蘇菲變成一個好人喔！」

她又用復健師般的語氣說話，還在句尾加「喔」這種助詞，而且是用「艾利克」低沉的嗓音。

「開始覺得好玩了吧？」

「其實我在乎的不是這個。」

「唔？」鏡頭裡的「艾利克」張大眼睛。

「關於交往的事，妳只是想騙到我的撲克牌嗎？」

她拿了兩張紙，一張寫O，一張寫X。

「就說先別問了。好啦，讓你問三個問題，我只回答是或不是。」

這情景好像在法庭交互詰問。

我想了一下，問：「蘇菲是不是真的喜歡艾利克？」

蘇菲想了很久，久到我可以偷偷把她手機的相片翻一遍。最後她終於舉了O，這讓我心情馬上好一半。

「百樂門酒吧真的被拆了？」

蘇菲舉X。

所以我被騙了？我就知道，因為我剛剛用蘇菲的手機搜尋，並沒有酒吧被拆掉的新聞，接著我打開Google的街景圖，找到附近一個剛拆的工地。如果不是整顆腦袋都在想著蘇菲，我應該會發現司機轉的是另外一條路，百樂門酒吧沒有被拆，蘇菲利用我的愧疚感盜走了我的撲克牌。

而特助只說我幫忙勸走了抗議的民眾，沒有說百樂門酒吧已經被拆，我和他像兩條平行的鐵軌，各自講著不同的事。但蘇菲怎麼能這麼肯定特助不會說溜嘴？難道那個時候的特助也不是特助？

現在，我只剩下最後一個發問權了。在法庭裡，最後的問題必須是致命的一擊，也往往決定案件的勝負。

我想過，也許我可以問那晚我們有沒有上床，問她文森是誰，問她特助是不是也進了轉身酒吧，也許我還可以問她是不是女特務，或者她什麼時候知道我是抓耙子，最後反將我一軍。

我想了很久，終於說話了。

其實那些問題都不重要。

「如果人生可以重來一次，艾利克想成為一個更好的人。蘇菲，妳會往這個方向努力吧？」

鏡頭裡的「艾利克」臉凝結了十秒。「我盡力。」蘇菲用低沉的嗓音說。

我流下眼淚，她也是。

所有的問題在眼淚滑下那刻，都有了答案。

她是相信我的，她知道我不是真的抓耙子，她知道我不是存心騙她，我只要知道這件事就夠了。

原來，我只在乎這件事。

「成為艾利克有什麼該注意的事嗎？我的意思是，有什麼事是我做了以後，你從此不會再跟我說話？」蘇菲說。

我想了一下——我會定期上健身房，健身教練是個身材很辣的正妹。我很討厭自己的時候，會拉小提琴。但變身成艾利克的蘇菲，也會拉小提琴嗎？也許這些都不重要。

「『艾利克』不是一個隨便的人，即使出差很寂寞，也不會跟不認識的女生上床。雖然工作很忙，從來不對秘書發脾氣，即使年輕的菜鳥律師老是出包，艾利克也不會把卷宗摔到他們臉上，還有——」

「艾利克是個好人。我一直都知道。」視訊鏡頭裡，蘇菲很肯定地從「艾利克」嘴裡說出這句話。

我點點頭，在大哭之前趕快把視訊關掉。我發現成為蘇菲至少有個好處，可以盡情地哭，也不會被人說沒有男子氣概。

如果沒有意外的話，我猜「艾利克律師」會去找林董，揪出縱火的嫌犯，接著《異週刊》會刊出獨家報導，被踢爆的林董會因為公共危險罪被起訴，最後「艾利克律師」還會因此多接一個案子。

我為什麼會知道呢？因為我是蘇菲的鏡像，我就住在她的心裡，她想做的，就是我一直想做的事。艾利克想變成好人，不想成為黑心律師，但艾利克做不到，可是蘇菲可以，因為蘇菲看到了艾利克想成為好人的那一面。

後來蘇菲才告訴我，之所以選一個廢棄的百樂門酒吧，那是因為它不會再有變動，時間會凍結在那個悲傷的年代，一九九三年那場燒死三十三個人的大火，之後不會有人隨便進出那個空間。而那幅畫是延伸的鏡像空間，這也是為什麼蘇菲一定要走進我的房間，在那間廁所沖掉她的舊身份，變身必須在轉身酒吧以及它延伸的有限空間裡，也因此我才可以從自己的房間藉著做夢進到轉身酒吧。

一切都是因為那幅畫。

我終於搞懂這一切。

好了，接下來的問題就是，如果我現在去洗澡，是不是就可以直接上到蘇菲的三壘？還是現在已經不流行這種說法了？我進了浴室，脫光衣服看著鏡子裡自己的身體，用沐浴乳摸著蘇菲身體的每一吋肌膚。真的沒上過床嗎？為什麼我覺得觸感好熟悉？

我低頭看了一下自己的身體，如果變身成自己喜歡的女生，一般人都會想做些什麼呢？我想到的第一件要務是瀏覽蘇菲的手機，找出文森究竟是誰——結果連一點蛛絲馬跡都找不到，她一定早刪光了。

也許我可以猛拍「蘇菲」的裸照，以後分手好拿來威脅？我才不是那種爛人，照片頂多拿來珍藏。或是預約美髮沙龍，把「蘇菲」的頭髮剪成大平頭？去網路情趣用品店瘋狂掃貨，讓「蘇菲」被銀行智能客服貼上女色鬼的標籤……，這些都還不夠有創意，我在手機輸入關鍵字：「刺青師傅」加「推荐」。在她的背上刺「我愛艾利克」，或「艾利克專屬，版權所有，翻衣必究」這類的宣言如何？想到這裡，我忍不住露出黑心律師的賊笑。開始覺得好玩，我翹起腳，躺在沙發上，做著肆意糟蹋「蘇菲」人生的白日夢。開什麼玩笑，一天只攝取一千二百大卡？等我把身體還給蘇菲的時候，一定要胖上個十公斤，想到她臉上的表情，我就笑到肚子痛。

說到肚子痛，奇怪，為什麼笑完還是很痛？該不會是吃了過期的泡麵？但也發作得太快了。

這種痛好像有人正在揍我的肚子，而且是裡外一起出拳。我趕緊吞了胃藥，但過了半小時，還是一點幫助也沒有。去上個廁所吧，也許是拉肚子？於是我走到廁所，才脫下褲子，我就被嚇到。血，是血！是痔瘡嗎？蘇菲那女人有痔瘡？

此時手機又響了。蘇菲傳來一個Youtube影片。

「衛生棉條的使用方法？」我邊看影片邊看著馬桶裡的血。我要把這玩意兒從一片血海中塞進自己的屁股？

我回想起剛剛蘇菲說門口有個箱子。我趕緊衝出浴室，血沿路滴，我只好用屁股夾住一條毛巾走路。我迫不及待地打開箱子，有Hello Kitty毛拖鞋、香水、緊實霜、乳液、化粧箱……她幹嘛把衛生棉放在最下面？

我打開那包東西，從裡面抽出一個小包打開。「這什麼？」我看到像耳塞一樣，一個長長小小的東西。這小東西可以止血？我驚奇地看著它。

蘇菲又傳了一個訊息過來：「艾利克，為了讓你可以繼續可以游泳，我準備了衛生棉條。對了，生理期不能吃當歸排骨喔！」

生理期？我崩潰地坐在地上。難道蘇菲裝了攝影機在我家嗎？為什麼總覺得我的一舉一動都在她的監視當中？靠，肚子又痛了起來，誰會想在這種時候去游泳？

蘇菲剛剛說的是紅豆水嗎？我打開手機搜尋關於紅豆水的煮法。天啊，怎麼這麼複雜，這年代要去哪裡買老薑和紅糖？下次絕不變身成女人，我暗暗發誓。

咖啡因這點子倒是不錯，蘇菲的手機上竟然有我最喜歡的那家咖啡店App，才一掃臉登入，它就跳出：「蘇菲小姐，您今天的心情是一隻想要飛翔的鹿，健康狀態優良，血紅素偏低，記得多補充鐵質，要知道哪些食物含鐵嗎？請按這裡或跳過。」

我按了跳過。對話機器人又說：「今天想喝點什麼呢？昨天已經喝過香草拿鐵，今天要不要試試焦糖瑪其朵呢？如果想要看更多選項，請按這裡。」

我想了一下，今天偏偏不喝焦糖瑪奇朵！於是我按了香草拿鐵。

「您確定嗎？一個月當中的重要時刻，最適合來一杯甜甜的焦糖瑪其朵。如果您還是想要香草拿鐵，請按這裡。」

煩死了，就不能直接點餐嗎？我按了這裡。

「今天一樣是大杯、按一下嗎？確認請按這裡，或按這裡更改選項。」

蘇菲應該是怕胖吧，香草醬只敢按一下，我想到一個壞主意，按了更改選項。

「請問，確定是按十下嗎？過甜有礙身體健康喔！確認請按這裡。」

我按了確認，忍不住開始竊笑。等蘇菲跟我換回來的時候，一定會被自己的身材嚇到。什麼一天一千二百卡，怎麼可能？

我托著下巴。蘇菲還有什麼是我不知道的呢？像打開一個寶藏盒，我等不及想要探險。原來這就是成為蘇菲的快樂，可以讓我認識那個謎樣的女孩。以及，給她一些「驚喜」。

於是，我打開她的手機，搜尋「情趣用品」、「性感內衣」的網頁，然後再打開她的臉書，發現臉書馬上出現一堆情趣用品的廣告。這真是太好玩了，我可以改變蘇菲的人生標籤，以後她的信用卡帳單，一定會夾帶很多性感內衣的廣告訊息。

接著，我在社群網站打「成人」這種關鍵字，用蘇菲的帳號追蹤所有的色情網站，得逞之後，我又笑到肚子痛。

我再打開蘇菲叫車的歷史紀錄，我可以知道她去過的每個地方，甚至猜出她家在哪裡。再打開外送的歷史訂單，我就可以知道她喜歡吃泰國菜，但每次都在備註欄寫「不加辣」。

成為蘇菲有好多事可做，她說的沒錯，我開始覺得好玩了。

我想在把身體還給她之前，去遍她常去的每個地方，把她愛吃的東西吃上一輪，每天喝她喜歡的咖啡。有了明確目標後，突然開心起來。

「下水湯？」我看著外送App的歷史訂單，皺起眉頭。天啊，她還訂過榴槤！我決定收回剛剛那句話。也許不一定要把所有的東西吃過一遍，畢竟我是住在蘇菲身體裡的艾利克，應該還是可以有「艾利克版本的蘇菲」，這種特殊的人生標籤吧？

從那天起，艾利克律師的變身人生正式啟動。

第二章　艾利克——軍購案疑雲（上）

惡夢再現

林董被關進去以後，都更案再度停擺，傑克雖然不能讓轉身酒吧完全恢復到跟火災前一樣，但大家也已經習慣在燒成焦黑的地毯上跳舞。

在我三點鐘方向，有一對聊天的男女，男的穿貓王皮衣裝，人生標籤是歌手。女的穿繞脖膝上白洋裝，燙著一頭赫本捲髮，人生的標籤卻是學生。

女學生說：「我一直想在大巨蛋表演，超過十萬人為我瘋狂尖叫！」

歌手說：「其實我只想好好的吃頓飯，沒有人知道我是誰，也不會有人過來想找我照相！」

女學生說：「我可以進入你的身體嗎？」

於是，他們交換了撲克牌。

在我九點鐘方向，吧台邊坐著兩個標緻優雅的女人。傑克把兩杯藍色的飲料，推到她們面前，那個東西叫記憶特調，喝下去之後，就會得到出借人生那一段遺失的回憶，這樣人生才不會因為變身而斷片。

接下來的發展，竟讓我差點把酒吐出來。

穿著旗袍的仕女，完全不顧旗袍已經一路裂到大腿，在所有酒客面前大打出手。

「中樂透的是我！把彩券還來！」那個穿紅色旗袍的女人，死命抓著另一個女人的頭髮。

「號碼是我選的！那是我的幸運號碼！我才是中樂透的人！」

「才不是！買樂透的人明明就是我！彩券行老闆可以作證！」

「彩券在哪裡？快點還給我！」穿紅色旗袍的女人衣服都快被撕爛，彩券卻怎麼也找不到。

這是轉身酒吧的日常，那個記憶特調真要命。有些記憶，最好一輩子都不要想起，譬如某個人變身成為你，買了一張樂透，還中了頭獎，但妳本人卻和頭獎擦身而過，而且還因為喝了記憶特調發現這件事，這真是變身排名前十大悲哀事件。

我習以為常地轉過身。至少對我而言，變身這件事很好用，如果我需要知道交易對手的資訊，而他身邊的人又剛好出現在轉身酒吧，我就可以變身成為那個人，知道對方所有的機密。

「傑克，蘇菲今天有來嗎？」穿著短袖美國海軍服的我，百般聊賴地托著下巴，坐在吧台邊，看著傑克。

傑克看了我一眼。「這間酒吧就這麼小，如果她有來，你會看不到嗎？」

「誰知道。說不定她變身成那個中彩券的女人。」

「怎麼可能。變身成另一個人，走路的姿勢、手勢、簽名的方式、看人的眼神都不會變，難道你會認不出來嗎？」

我嘆了一口氣。「蘇菲一個禮拜沒來了。」

傑克抬頭說：「你該不會真的愛上她了？」

我看著他：「不行嗎？」

「她總是偷走你的撲克牌，又在你屁股上刺烏龜，在把身體還給你之前，吃了十盤生魚片，害你之後拉了一個禮拜的肚子，用你的臉拍搞笑影片傳上網路，還把你的毛都剃掉……」傑克數著蘇菲小偷的罪狀。

「這還好。她只是為了報復我讓她胖了十公斤，偷懶沒去做瑜珈又認真工作，害她長了骨刺，每天睡不飽，所以長了黑眼圈……」

傑克不置可否地點點頭：「這樣說起來，好像你也沒有虧到。」

「你知道文森是誰嗎？」這是我唯一查不到的事，就算把她手機翻遍，還是看不到任何關於文森的ＰＯ文，或是他的照片。

傑克一聽到這個問題，就停住扭抹布的雙手，抬頭看著我說：「你沒問過她嗎？」

「不敢問，怕她會生氣。」

「非常有可能喔，」傑克小聲地在我耳邊說：「她脾氣非常非常差，而且討厭被男朋友問東問西！」

其實，我也不知道這樣算她男朋友嗎？我們牽過手，也上過床，但除此之外，完全不像正在交往中。

我們沒有坦誠過任何一件事，包括父母是誰、家裡在做什麼，或以前曾經交往的對象。她常常會無故失蹤，手機也不接，但就在我快要報警的時候，她又突然出現，一絲不掛地躺在我床上睡覺。

我出差的時候會告訴她，但她無緣無故消失一星期後回來，卻一句話也沒交待。她從來不跟我一起出席任何社交場合，我的秘書甚至誤會我是為了找理由拒絕她，才說自己已經有女朋友。蘇菲只存在於某一個世界，一個外人無法理解的世界。但這有什麼關係呢？我知道蘇菲是一個真實存在的人，那就夠了，何必在乎旁人怎麼想？

有件事我也沒告訴蘇菲，是關於我固定在身心科拿藥這件事。

「最近做惡夢的頻率降低，是因為她的緣故嗎？」身心科醫師克莉斯汀看著我。

「可能是吧。關於轉身酒吧的事，是一種幻覺嗎？」

「很多事都無法解釋，但你真的進到那個鏡像空間，變成另外一個人，對嗎？」

「這是真的，而且我只敢跟妳說。如果告訴別人，可能會被送進精神病院。」

「無論是不是幻覺，我覺得都不是壞事。你可以擺脫藥物，睡眠正常，心情愉快，這比什麼都重要。」

「妳真的這樣覺得嗎？」

也許克莉斯汀只是安慰我，然後偷偷幫我加藥。

「我覺得你講的情節，比較像是一種租借人生的方案，但硬要說是變身，也沒什麼不行，所有的定義都可以被改變，好人、壞人、不好不壞的人……」克莉斯汀的手在她的鍵盤上飛舞。

「你剛剛說，蘇菲就像你的鏡像，你們連腳的大小都一樣？」

「沒錯。」

「而且你們都在同一個時間點，去了同一個國家，還在同一家店買吐司？」

「對！」

克莉斯汀停頓了一下，鎮定地說：「我幫你改一下藥。」她的眼睛直盯著螢幕，沒有轉頭看我。

我就知道，她一定覺得我不正常，正在幫我加藥。

「那個蘇菲……你們有些正常的互動嗎？我是說，不是在鏡像時空裡，也不是她偷走你的撲克牌。」

「當然有啊，她是《異週刊》的記者，我們也會正常地約會——我是說偶爾。其實我今天才剛買一本……」我從公事包裡拿出一本《異週刊》，但我一直翻不到蘇菲的名字。「這家週刊沒有把記者的名字寫出來，應該是為了保護記者，他們一直很敢寫。」我一直想跟克莉斯汀解釋，蘇菲是一個真實存在的人。她沒有挑戰我，只是漫不經心地說：「很好啊，我們就需要這樣的媒體。所以，你讓蘇菲成為艾利克律師，去報導那些你知道客戶違法的事？」

「我從來沒有允許她這麼做，大部分的時候，她都是用騙的。」

克莉斯汀不置可否地看著我。

「我真的是被騙的！」我再強調一次，我絕對沒有違反律師保密義務的意圖，我是受害者。

「會不會是因為這樣，你才能睡得比較好？」

「因為罪惡感沒了？」

「或者，稍微減輕一點。有考慮過不要接那種案子嗎？」

「我不做，總是有人會做，對吧？」

克莉斯汀聳聳肩。

「看來轉身酒吧的功勞很大，它讓一個律師穿越保密義務，揭發客戶的罪行。但你說的變身，就像抽大麻一樣會上癮，你們不可能一直用變身維繫感情，你懂我的意思吧？你跟蘇菲應該要回到正常的關係。」

我嘆了一口氣。

「如果她變成另一個人，和某個男人上床，你能接受嗎？」

「這就是問題所在。我連她有沒有變身，變身後有沒有跟某個男人上床都不知道，這種關係讓人困惑。」

「你們不會互相坦誠嗎？譬如說，我明天晚上九點會變成布萊德彼特來找妳之類的？」

我笑了。「變身不是這樣運作的，妳講這樣好像是情趣的角色扮演。」

「那是怎麼運作？」

「兩個人要交換撲克牌，然後進去廁所，把舊的身體沖掉，出來以後就會變成另外一個人。」我認真地解釋。

克莉斯汀的眼神被定住，好像一條餐桌上的魚，正看著自己的肉被放進芥茉醬油裡。過了好一陣子，她終於回過神，按下Enter鍵，遞給我一張單子。

我心想完了，她一定覺得我瘋了。

「你確定真的有蘇菲這個人嗎？」

「我十分確定。」

「你確定你不是在和自己對話？」

「怎麼可能？我還看到馬桶裡的血！」

「我想也是。」克莉斯汀點點頭。

她竟然懷疑蘇菲只是鏡子裡的艾利克？

我接過克莉斯汀給我的那張單子，不可置信地看著她。

沒有新的藥，而且還調減了原來安眠藥的劑量。

「你試試看，如果睡得著，就不一定要吃。」

所以克莉斯汀是相信我的？她知道我沒有妄想症，我高興地起身。

才走到門口，克莉斯汀又叫住我：「艾利克，那件事不是你的錯。試著放棄變身這種幻想，那可能是……某種自我的投射，你希望看見更好的自己。」

我嘆了一口氣，果然跟我想的一樣。她覺得我用幻想在治療自己的創傷。

克莉斯汀說的「那件事」，的確讓我夜不成眠。那個釘子戶叫史考特，我永遠忘不了他那張臉，那是我開始見克莉斯汀的真正原因。

可是我沒有妄想症，蘇菲是真的，變身也是真的，而克莉斯汀竟然覺得蘇菲是一個內在的艾利克，我在跟另一個艾利克對話。

我覺得好沮喪，他們根本不懂。

蘇菲有難

半年後。

我和蘇菲目前處於第四次分手狀態，但我們都知道，這不是真的分手。至少我自己是這麼覺得。

愛情並沒有想像中那麼順利，所有的愛情都一樣。我的確為蘇菲加了指紋鎖，別說在家等我了，即使我在家也等不到她，她總是忙著找真相，偶爾來了，也不一定是那張蘇菲的臉，她可能借了誰的身體正在查某個案子，中間有空檔就來坐一下。

我們已經習慣這樣的生活模式，雖然克莉斯汀一直沒有被說服，但我不在乎，我和蘇菲的情感，本來就不需要跟任何人交待。

今天和客戶吃完午餐，我穿過貴婦百貨走回信義區的辦公室，無意間發現蘇菲最愛的牌子出了一款新的水鑽鞋，莫蘭迪色配上低調的小方格，她一定會喜歡，於是我走進去。

「二十六號，要送人的。」我比著櫥窗裡的那雙鞋。

「還好你來得早，這種特殊尺碼很快就賣完了，我們還有附贈一張小卡片。」店員遞給我一張很精緻的白色小卡。

我拿出胸口的小花鋼筆，在卡片上寫了：「先借放在妳那，下次變身成蘇菲要穿的，不准弄髒。還有，這是我的簽名，學著點。」我簽了艾利克的名字。

我一邊偷笑，一邊把卡片裝進白色小信封，交給店員。

「五萬零三千元。要累積會員嗎？」

「蘇菲，手機號碼〇九一〇二三六五七九。」我說完，便伸出手錶結帳。

「喔，蘇菲小姐！」店員一副熟識的口吻。

「很可惜上次她喜歡的那雙鞋只出到二十五號半，後來也只能退掉。」店員惋惜地說。

「她總是喜歡勉強別人，連自己的腳也不放過。」我笑笑，提走了鞋子，打開手機叫秘書安排快遞，同時慣性地看了一下郵件和Line訊息。老闆漢娜傳來郵件，要我後天陪客戶瑞陽公司去一個品酒會。

我再打開Line，竟然看到一個陌生訊息：「今晚能在轉身酒吧見面嗎？」我困惑地看著傳訊息的人，她是誰？

直到在酒吧見了面，我才想起來英格莉長什麼樣子，不久前我還以蘇菲的身分面試過她，但她長得就像路邊任何一個擦身而過的女孩，不難看，也不容易引人注意。面試時我只問了她一個問題，為什麼在銀行當過交易員，會想屈就一個報社助理的職缺。

「同一招不要用兩次，我不會再相信妳了！」我慢條斯理地喝了一口威士忌。

「艾利克律師，我真的是英格莉！不然我給你看我的工作證？」她著急地說。

「蘇菲，這句台詞妳上次用過了！」

「不然，我給你看蘇菲姐寄給我的信？」

「這招也用過了。傑克，再給我一杯，算在蘇菲帳上。」我轉頭對傑克說。在短短半年間，蘇菲跟我換了十三次人生，跟我去了十個國家，其中一次，她竟然利用英格莉來騙走我手上的撲克牌。

傑克無情地說：「蘇菲沒說可以，到時候我要跟誰收錢？」

我困惑地看著他：「以前蘇菲掛我的帳你也沒問我啊！」

「但至少那時候你人在現場啊！沒拒絕就是同意，男人不都是這樣嗎？」

我轉頭看向旁邊的女人，問說：「所以她真的不是蘇菲？」

傑克默不作聲，繼續擦他的杯子。

這時，我的手機突然傳來女友訊息：「謝謝你的鞋子，正好派上用場。」

她傳了一張腳上穿鞋的照片過來。

我看向英格莉的腳，那不過是一雙廉價的淑女鞋。但即使是這樣也不代表什麼，這有可能是蘇菲的鬼計，她變身成為英格莉，故意叫別人用蘇菲的手機傳訊息給我，明明人就在我面前，卻製造蘇菲本人的不在場證明。我被她騙過太多次了，才不會這麼容易上當。

「給我看妳的手機，我要看妳的最後一個Line訊息！」

英格莉拿出一台古老的手機解鎖，秀給我看，最後一個是未讀訊息，而且是一個小時前。

總不會連公正的傑克都和蘇菲串通吧？於是我狐疑地看著眼前的女人。「妳真的是英格莉？」

「艾利克律師，我到底要怎麼做你才會相信？蘇菲姐有危險，拜託妳一定要去救她！」英格莉哭了出來，拿下金框眼鏡擦眼淚，我認識的蘇菲從來不哭。

「蘇菲有危險？」聽到關鍵字，我心一揪，看向傑克，「傑克，她真的不是蘇菲？」

「抱歉，我不介入客人間的糾紛。」

馬的，他為什麼總是那句話，既然這麼堅持他的原則，剛剛幹嘛給我暗示？

「妳說她有危險？」

「蘇菲姐在追那個軍購案的新聞，她甚至答應陪法國的軍火商去參加一個品酒會！」

「品酒會？」這名詞好熟悉。

「有一個中間人說，法國維拉公司的執行長桑德對蘇菲有好感。」

我深吸一口氣，假裝不在乎地說：「那很好啊！」

「艾利克律師，你知道那種交易，他們對記者都是會開價碼的！」英格莉著急地說。

「那也要蘇菲自己願意啊！據我所知，那種交易也是挑人出手，只要蘇菲自己不要給人那種暗示就可以了，我也認識很多正派的女記者。」

「這就是問題所在！」英格莉激動地說，「以前遇到這種事，蘇菲姐都會嚴詞拒絕！」

我明明酸到胃要翻過來，卻仍然不動聲色，因為我們正處於「分手」狀態，也許她叫英格莉來試探我呢？我才不要先示弱。

「那是她自己的決定，也許她喜歡法國男人。」

「她不是這種人，她要的是真相！不惜一切代價！」

「蘇菲是個騙人高手，妳放心好了，她不會出事的。」我故作輕鬆地說，「妳剛剛說的品酒會，在什麼時候？」

「後天晚上。艾利克律師，你一定要去救她，那個中間人突然找上蘇菲，一定是因為那篇報導！」英格莉用左手推高眼鏡，著急地說。

我不置可否地看著英格莉，同時望向遠方。

同事賈斯汀穿著白色西裝，剛從門口走進來。賈斯汀是我手下的第一年律師，有女裝癖，喜歡穿旗袍和他的太太比美，於是我拿起我的威士忌起身。

「趕快回家吧！蘇菲要是知道妳私下來找我，一定剝了妳一層皮，我太了解她了。」我轉頭看向傑克：「你發邀請給賈斯汀，是因為他也很討厭自己嗎？」

「你問題真多。」傑克不理我，繼續耍帥地玩花式調酒。

我頭也不回地往賈斯汀走去。

老實說，以美貌或身材而言，小賈的太太完全不是他的對手，如果他不說，你會以為照片裡他的太太是他，因為小賈扮起女裝來，完全沒有男人的殘影。

其實我心裡早有了一個絕佳的主意，但不需要讓任何人知道，包括英格莉。

「賈斯汀，你能幫我個忙嗎？我需要你的身分，三天就好。」我用學長的身分威脅利誘。

「學長，抱歉，我想找的是女人。」

「你連聲音都已經很像女人了，為什麼還要變成女人？」

「這就是問題所在，因為我已經很像女人，但實際上又不是女人，這讓人很尷尬。」

「好吧，如果你對我沒興趣……那個一千億的聯貸違約案，你應該有聽說吧？」

「史上最大的銀行聯貸，債務人即將宣告破產的那個案子？」賈斯汀眼睛一亮。

「嗯，明天要開第一次的債務協商會議。」我終於使出殺手鐧。「如果你變成我，就可以陪管理銀行去開會。」

他眼睛一亮：「可是，我不知道該講什麼。」

「無所謂，只要聽就好，因為這次的債務協商會議，主要是聽各家銀行的意見，你就幫我記在腦海裡，回來等我喝了傑克的記憶特調，就會知道全貌了。」

我拍拍他的肩膀。

「那之後，學長還會帶著我做這個案子嗎？」賈斯汀露出期待的眼神。

我聳聳肩：「我還有別的選擇嗎？」

「學長，謝謝你！」在我還來不及閃開前，他就撲過來，給我一個溫暖的擁抱。

不出我所料，瑞陽公司的一千億聯貸案，對任何律師來說都是值得寫在履歷裡的大案子，小賈怎麼可能抗拒得了？於是，我們兩個交換了手中的撲克牌，各自進了男生廁所。

品酒會

離開轉身酒吧後，我到便利商店買當期的《異週刊》，封面就是軍購案的獨家報導。我罵了一句髒話，蘇菲真的不怕死，竟然敢把這個案子寫出來。

這件事，要從漢娜二個禮拜前接了一個新客戶開始說起。

瑞陽公司是高雄的造船廠，與法商維拉公司聯手，投標了軍方的長濱級戰艦採購案，五年內要交三艘新的戰艦給國防部，而委託法商維拉公司製造軍艦的一千億，由十家台灣的銀行聯合貸款給瑞陽公司，瑞陽公司唯一的擔保品，就是一紙國防部的採購合約，而法國三葉銀行是這次聯貸案的管理銀行，所有依戰艦興建期程應該支付給瑞陽和維拉的款項，都是三葉銀行在控管。

很不幸，瑞陽公司簽約不到一年就付不出利息，維拉公司也暫停建造船艦，瑞陽公司威脅國防部要聲請破產，如果他們真的破產，台灣十家銀行會被倒帳一千億，於是金管會透過總統府與國防部協調，要國防部繼續支付款項，拯救台灣的銀行，而我就是負責和銀行協商債權的律師。

「與本案有關的維拉公司駐台代表莫尼日前在法國家中意外墜樓，三葉銀行負責撥款的艾孛特也在歐洲旅遊時不幸溺斃，這兩件事接連發生絕非巧合，到底三葉銀行已經撥款的兩百億，最後進了誰的口袋？」我看到《異週刊》獨家封面新聞的第一段，就已經替蘇菲捏把冷汗。

匿名寫這篇新聞的真的是蘇菲嗎？當漢娜把瑞陽公司這個客戶交給我的時候，只告訴我客戶想和債權銀行協商，並沒有告訴我這是一起軍購弊案。我把《異週刊》塞進公事包。

克莉斯汀的那句話又浮現在我腦海：「有考慮過不要接那種案子嗎？」如果不是為了蘇菲，我還真不想辦這個的案子，但因為有了蘇菲，成為「黑心律師」突然變得有意義。

我開始了計畫的第一步，我會去品酒會，但不是以艾利克律師的身分。第二步就是研究瑞陽公司的聯貸合約，於是我打開平常最不愛看的政論節目。

名嘴在直播節目裡大罵著：「為什麼一個法國的軍購案，剛好是法國的三葉銀行當主辦行和管理銀行呢？如果瑞陽破產，軍艦無法繼續生產，付出去的錢拿不回來，這是誰的錯？為什麼管理銀行沒有控管軍艦生產的進度就撥款？為什麼一間資本額五十億的公司，可以承包一千億的國防部標案？聯貸合約要求瑞陽公司在一年內增資到三百億，為什麼管理銀行沒有要求瑞陽提出增資計畫？這中間一定有人在搞鬼！」名嘴激動地拿著自己做的看板，彷彿他什麼都知道。

我疲累地關起Youtube，看向掛在牆上的旗袍。這是我和賈斯汀說好的，我不用去住他家，他可以告訴他老婆實話，說他把身體借給學長三天，因此我不必介入他的家庭生活，只是要好好照顧他的身體，包括去做SPA、熱蠟除毛和每天擦十種不同的乳液。但他必須禁慾三天，因為那是我的身體。最後，就是出門一定要化濃粧，還有穿上他最喜歡的那件旗袍。

當我不自在地穿著那件旗袍出現在品酒大會時，每個人都看向我，我記得自己已經加了胸墊，也穿了一直讓我跌倒的高跟鞋。要不是因為女人在這種場合比較受歡迎，我才不要跟賈斯汀交換人生。還好他的身體是個男的，有了上次的教訓，我會避免長出胸部和使用衛生棉條這種事。

蘇菲很好找，特別是那雙鞋，她像花蝴蝶一樣到處飛舞，我知道她的目標是維拉公司的執行長桑德，這次他特地親自來台灣，以表現繼續執行合約的決心。

這個品酒會還有很多我不認識的生面孔，但也有幾個似曾相識的人。在我的十點鐘方向，是瑞陽董事長姚以德，旁邊就是張秘書，我和他們開過一次會。在我的二點鐘方向，有三葉銀行的法遵副總迪耶，新聞裡有他的照片。

迪耶和桑德站在一起，蘇菲朝他們走了過去，我見狀也隨手跟服務生拿了杯酒。

「這七個加起來只算到勃根地三十三個頂級園當中的一個，這個跟其他勃根地的算法不一樣，這邊有七個園，但是只算成一個，我們今天喝的是這裡面其中一支。」台上的講師口沫橫飛地講解著法國紅白酒的產地，桌上擺著今天品酒會開的幾瓶酒，有幾個人認真地聽講，拿起手機對著瓶子上的酒標照相，但多數的人都三五成群地在聊天。

侍者拿著酒杯過來，一個大盤子裡有好幾杯酒，酒杯中間是那罐酒瓶，每個酒杯裡面只倒了一點酒。

「別喝太急啊！最後那支才是今天的重頭戲，」姚董比著後面的酒瓶，上面寫著Chablis。

蘇菲問：「那一支要不要十萬？」

「什麼十萬，那每瓶都是一百萬起跳！」姚董笑蘇菲不懂行情。

「姚董很懂酒喔！」迪耶意有所指地說。

「都是法國產的酒，這塊地可以掛頂級園的酒標，它的旁邊就降級成莊園，價錢可以差幾十萬。所以能不能拿到案子，和酒的命運一樣，都是早就註定好的。」桑德操著法國腔的中文，意有所指地說完，姚董和其他人都笑了，只有我和蘇菲一臉茫然。

「哼！德國人！」他們不屑地說。

蘇菲問：「所以中船是找德國人一起投標嗎？」

「妳以為去告密的人真的是『英勇的國軍』嗎？那一定是德國人在國防部的眼線。」

「署名『英勇的國軍』發黑函，還遇到一個剛上任的少將，煞有其事地要查下去。如果是我來當吹哨者，我就署名『希特勒』！」姚董一講完，大家又一陣竊笑。

「那個吹哨者找到了嗎？」

桑德招手喚了服務生，本來要拿酒杯，看了酒標一眼，又揮手叫他離開。「好的酒還在後面，要有耐心。」他意有所指地說。

「中船每次都來陪榜，他們哪有能力造這種軍艦？拿出幾億來投標，到時候得標了又做不出來，那不是國際笑話嗎？」我聽漢娜說，姚董早年是跑船的，後來自己買了第一艘船，慢慢才做到今天這個規模，言語間還有土豪的霸氣。要能投標幫國防部做軍艦，一般造船公司不可能做到，即使是像瑞陽那麼大的公司，也必須跟國外合作，而這次的軍購案，是法商和德商的角力，法商和瑞陽結盟投標，德商和中船結盟投標。我聽漢娜說，當初兩家在競標階段就已經互放黑函。

「所以，中船來陪榜投標是早就講好的嗎？」蘇菲開始使出她追新聞的功力。

「投標文件說要有一百噸以上漁船的修造經驗，這就已經先排除了只能修小船的造船廠，中船是真的要來投，只是我們不把它放在眼裡而已。」姚董一邊說，一邊往蘇菲那邊擠過去。

為什麼我覺得對蘇菲有興趣的男人不只那個法國人桑德，於是我也擠過去，擋在姚董和蘇菲中間。我不知道賈斯汀是否有同樣的困擾，即使他的聲音已經很像女人，還是比正常女人的聲音低沉些，這件事讓我像吃了藥的美人魚，無法在眾人面前自在地開口說話。

蘇菲繼續追問：「中船後來有去工程會申訴，所以您的意思是說，國防部裡面的吹哨者，其實是德國軍火商的人馬？因為中船和德廠聯合投標，輸給瑞陽和維拉的中法團隊，他們才挾怨報復寫黑函？」

「你們台灣的記者都這麼直接嗎？」桑德講完，所有人又竊笑。

姚董取笑地說：「她等一下一定會問那兩個人怎麼死的！」

「以後有人在浴缸裡被吹風機電死了，都會算在我們頭上！你們以後都不准泡澡，聽到沒？」桑德開玩笑地指著我們每一個人，又是一陣哄堂大笑。

就在此時，侍者拿了新的酒過來，打斷我們的談話，有人去拿點心，大家就順勢散開。

「蘇菲小姐是記者？」我故意站蘇菲旁邊挾菜，講了今天第一句社交對白。

蘇菲馬上掏出名片：「你好，我是《異週刊》資深記者蘇菲。」

差點忘記蘇菲升官了，「資深」兩個字她還特別加重語氣。

「抱歉，我沒有名片，我是——」當我正要說出賈斯汀名字的時候，後面突然有人喚住我。

「李夫人！」那個人說。

李夫人？他叫我李夫人？

那人對著我說：「我終於找到妳了！要不是這件旗袍，我差點就認不出來！」

我轉頭對著蘇菲說：「李夫人，叫我李夫人就好。很高興認識妳，我沒有帶名片。」我對著蘇菲說完，便說了聲失陪，和那人走去旁邊聊天。

我還沒搞清楚自己為什麼叫李夫人。但我心想，既然這樣被誤認，那就將錯就錯吧，當這個圈子裡的人，總比當一個第一年的律師好得多。

「我已經拿到錄音檔了！」那人小聲地跟我說。

錄音檔？我心裡滿是問號。

「喔，那錄音檔在哪？」

他拿出一支筆：「這是隨身碟，東西都在裡面。」

我接過那支沉沉的筆，隨手放進我的晚宴包裡。

「他們都講好了，國防部會繼續撥款。之後會釋出船殼脫模條件證明單，證明船艦的確有依約定時程建造，請債權協商的律師配合演出就可以了，一定要用瑞陽破產給銀行團壓力，讓銀行團展延本息。」

我心中的第一個疑問是：這個人到底是誰？

第二個疑問是，債權協商的律師是指我本人嗎？而我本人明天一早要跟銀行團協商，我卻無法參加，至於真正去參加的那個人……就是李夫人？我低頭看著賈斯汀指定我穿的旗袍。

我突然發現自己掉入某個陷阱，如果賈斯汀是李夫人，那他根本就是故意要跟我交換人生。於是我開始轉頭尋找蘇菲，而此時蘇菲竟然不見人影。她該不會真的跟桑德去開房間了？我罵了一句髒話，丟下眼前的人，衝去找蘇菲。

我看著地上，焦急地尋找那雙鞋，卻怎麼也找不到，而腳上的高跟鞋卻不讓我好好走路，心急如焚的我，還必須拉起旗袍的一角，避免它從大腿撕裂。快走中，我差點撞到拿酒杯的服務生，此時我突然想到，這也是桑德下塌的飯店，如果他們要開房間，那只要搭電梯上樓，甚至還可以在品酒會前完事，若無其事地回到現場，於是我轉身衝向電梯，一不小心，和某個人撞個正著。

「李夫人？」桑德看著我。

喔，所以蘇菲不是和他在一起？和桑德撞個滿懷竟讓我喜出望外，但他也知道我叫李夫人？李夫人到底是誰？

他的手還扶著我的腰：「還好嗎？」

「沒事沒事。」其實我的腳踝隱隱發痛，這該死的高跟鞋。話才出口，我就想到自己不應該說話，萬一被發現我是個男人怎麼辦？

「我一直在找妳。」他溫柔地說。

「嗯，」我用英文說：「I need some fresh air.」我急著想擺脫他。

「關於那個交易……」

我心裡又跑出問號：哪個交易？

「李夫人？」蘇菲從化粧室的方向走過來，桑德此時不得不放開我。

蘇菲說：「我一直在找你。」

其實我也在找她，但此時我竟然需要她來拯救。

「要上最後一瓶酒了，一瓶一百萬，機會難得，我們不要錯過了。」蘇菲拉著我走。

蘇菲小聲地問我：「妳就是中間人的朋友吧？」

「什麼中間人？」我聽不懂。

「有個中間人告訴我，來這裡找一個聲音低沉的女人，她有消息要給我。」

「是誰告訴妳的？」我想到晚宴包裡的那支筆，難道蘇菲在找那支筆？

「我要那個錄音檔！事成之後，我會答應你的要求。」

這引起我的好奇心了，蘇菲答應了他們什麼要求？如果我現在就把筆給她，那我永遠不會知道蘇菲答應了李夫人什麼要求。此時，我突然想到一個方法擋一擋。

我說：「我怎麼知道妳就是蘇菲？」

她愣了一下，說：「不然我是誰？」

「誰知道。你有聽過轉身酒吧嗎？進去出來以後，就變成另外一個人。我怎麼知道妳真的是蘇菲？」

「沒有那種東西，那是騙人的。這種謠言你也信？」

我笑笑，這狡猾的蘇菲。

「我們先回去喝酒吧，我想知道一瓶一百萬的酒是什麼味道。」

當我走回去的時候，我四處張望，想尋找那個給我筆的男人，卻怎麼也找不到。如果這筆本來就是要給蘇菲的，他為什麼不直接給蘇菲，而要先交給李夫人，再給蘇菲？我決定回家先看看隨身碟裡有什麼，再決定我要怎麼做。

但至少，蘇菲來品酒會是為了見李夫人，而不是和桑德上床，這樣我就放心了，我就知道她不是那種輕浮的人。

我和蘇菲併肩坐在戶外的欄杆上，捨不得把最後一口酒吞下去。我穿著旗袍，她也是。她很美，我也是。她是我的鏡像，此刻我們連外表都十分接近。我們安靜地欣賞月光，或者，月光欣賞著我們。

「妳相信這世界上，有一個人會像鏡子一樣看著妳嗎？也許只是性別不同，或是左右相反。」我說。

她說：「我相信有人在守護著我。」

那個人會是誰？是我嗎？

我問：「妳喝得出一瓶一百萬的酒有什麼不同嗎？」

「我比較想知道，為什麼一個人只要付五千塊的品酒會，就可以喝到一百萬的酒，這場到底是誰買的單。」她豪氣地乾了那杯酒。

我好奇地問：「妳什麼時候認出我的？」

「你不要說話之前，都很像女人。」她戲謔地看著我。

所以她知道我是男人？應該說，她知道李夫人其實是個有女裝癖的男人？

我低頭看著她的鞋：「這鞋很好看。」

「我男朋友送我的。」

男朋友？她剛剛說的是男朋友嗎？剛剛喝下去的百萬名酒，讓我全身熱了起來。

此時，天空開始飄起雨。

「下雨了，要不要我送你一程？」

「也好。」她說完，便把手伸過來輕輕地扶著我。不知道為什麼，我開始覺得有點暈。「你酒量不太好。」蘇菲又說了一句。

我還沒搞清楚是賈斯汀酒量不好，還是李夫人酒量不好。但我很確定艾利克的酒量不可能幾杯就醉。

我們往前走，穿過大廳，許多人的臉孔開始變得模糊，我記得蘇菲幫我把空酒杯交給侍者，我們一直往前走，走出了大門。遠方一台車駛近，那像是私家車，或是我常叫的紅牌車，通常我會走到車子前面確認車牌號碼，但蘇菲沒有這麼做，她直接上了車，我跟著她上車。

在車子裡，我開始覺得頭痛欲裂，此時我看到她拿出一個盒子，把新鞋放進去，拿出舊鞋來穿。「你知道嗎？我男朋友竟然說不能把鞋子弄髒，害我在下雨天還得帶舊鞋來換。」

我不記得她手上有拎著一個鞋盒，這麼大的東西她怎麼可能帶去品酒會，而我一直沒有發現？

「蘇菲……」我想跟她說些什麼，她好像也有跟我說什麼。但蘇菲的聲音愈來愈不清楚，像隔著很遠的山洞迴音。

「睡一下吧，很快就到了。」我印象中好像有聽到這句話。

可是我還沒告訴司機我家的地址，為什麼她會說「很快就到了」？就在我腦袋混沌無法思考的時候，我抓住蘇菲的衣服想說些什麼，但她的臉也變得愈來愈模糊，我像鐵粉被吸進某種磁力時空，想找個地方附著，也許是她剛好的體溫。

接下來的事，我就完全記不得了。

又被耍了

我在自己的房間醒來，身上的旗袍已經不見，我摸了一下小腿和胸口，那裡有像猩猩一樣的黑捲毛。

「所以我不再是賈斯汀？」我趕緊拿起手機，那是我自己的手機，最後一通是「女友」的來電，而現在時間已經是隔天傍晚。

「我睡了這麼久？債權協商會議也開完了？」我看著牆上蘇菲的畫，趕緊打給賈斯汀。

所以，我又用那幅畫進了轉身酒吧，還把身分換了回來？

過了半小時，我又回到轉身酒吧，和賈斯汀坐在傑克面前，傑克遞給我們一人一杯記憶特調。

「等等，學長，這是你的筆。」穿著復古旗袍的賈斯汀遞給我那支筆，我迫不及待地把筆蓋打開。

它就只是一支筆，但怎麼可能？我把整支筆前後翻了一遍，能打開的地方都打開了，最後乾脆拆了它。

「艾利克，你為什麼要跟一支筆過不去？」傑克不解地看著我。

「到底發生了什麼事？難道我又被蘇菲騙了嗎？」

「我不介入客人間的紛爭。」

「你每次都是這句話！」我崩潰地敲桌。

賈斯汀問：「學長，蘇菲是你的女友嗎？」

「是手機裡的女友。」

他瞪大眼睛，彷彿我在講一個科幻故事，把一個女朋友藏在手機裡又解鎖的那種微妙情節。

「我的意思是，手機連絡人裡面的女友是蘇菲沒錯，但我們已經分手了。嗯，應該算分手了。不！可能她覺得我們已經分手，但我沒有同意。唉，我到底在說什麼！」我覺得自己好像還在酒醉狀態。

「昨晚『女友』打來，說有一個穿著旗袍的男人醉倒在她車上，叫我幫她扛上樓，我一聽嚇了一跳，你怎麼可以這樣對待我的身體，要是被撿屍怎麼辦？」

賈斯汀花容失色地說。

「如果真的被撿屍，他到最後一刻就會發現撿錯人了，氣死的是他不是你吧？」我毫不在乎地說。

「學長，你怎麼可以這樣！你答應我要好好照顧身體的！」賈斯汀崩潰了。

「等等，如果你把我扛上樓，為什麼我會在我家，而且我們兩個的身體已經換回來了？」我終於清醒一點了。

「我聽到她說有個穿旗袍的男人，當然是把你扛回你家啊！不對，我是跟蘇菲說，我可以把這個男人帶回我家。唉，總之，你家就是我家，這樣你聽懂了嗎？」賈斯汀用他水汪汪的眼睛看著我。

「連我都被你搞混了。為了避免發生這種你我分不清的狀況，我設計了記憶特調。你不用鉅細靡遺地倒敘發生過的事，等一下他喝了調酒，就會完全想起來了。」傑克說。

「可是這支筆……難道蘇菲在車上調了包？」我突然想起英格莉，忍不住拍桌。「所以這一切都是蘇菲的詭計？她先叫英格莉來演苦肉計，叫我扮成李夫人拿隨身碟，然後在酒裡下藥，趁我昏迷的時候把筆調包？可惡！這個蘇菲小偷，我又中了她的計！」我氣急敗壞地看著傑克，但他還是一如往常地鎮定。

「是這樣吧？你只要點頭或搖頭就好。」

他搖搖頭說：「對不起，我不介入客人間的紛爭。」

「一定是這樣！蘇菲最會玩這種把戲！」我生氣地說。

「你要不要先把調酒喝下去？」傑克催促著我，我像以前一樣，一口乾了他給我的調酒。

「靠！怎麼這麼難喝？」我幾乎要吐出來。

「很難喝嗎？」傑克緊張地看著我，「這是新口味。」

「怎麼這麼像臭襪子的味道？」

「會嗎？」傑克把杯底的酒拿起來聞，「上次蘇菲說難喝，我已經調整了配方。」傑克喃喃自語地說。

「等等！債權轉增資？」我接收了賈斯汀的記憶，馬上從椅子上跳起來。

「從五十億增資到三百億，都是用假債權。先設立十間維京群島的公司，跟每家公司簽借款合約，再讓十家公司把他們對瑞陽的債權轉增資變成股本，所以增資都是假的！」賈斯汀說。

我轉頭看著賈斯汀，問：「你去翻了紅色卷宗？」

紅色卷宗是只有合夥人才能打開的機密文件，像賈斯汀這樣的第一年律師，沒有看卷宗的權限。

該死，我想到這三天他是合夥律師艾利克。

「我想說，開會前總是要先準備一下……」賈斯汀小聲地說。

但這的確是重大發現，連我自己都還沒認真讀卷宗資料。

「如果你懷疑蘇菲的話，為什麼不直接打電話給她問清楚呢？」傑克說。

「不！接下來，我們只要看《異週刊》有沒有出現跟錄音內容有關的報導，就知道是不是蘇菲小偷在搞鬼了！這次我才不要打草驚蛇。」

我沒有跟傑克說的是，我想知道蘇菲到底做了什麼交易、李夫人是誰、中間人是誰、吹哨者是誰，那兩個人是不是被謀殺，還有這整件事到底是怎麼發生的。如果蘇菲真的在算計我，那就讓她以為自己成功了，這樣她就會因為大意而不小心露出馬腳。但我眼前這個賈斯汀也很可疑。

我轉頭看著賈斯汀：「你是李夫人？」

他一臉茫然地看著我：「什麼李夫人？」

「少裝蒜了！你明明就是李夫人！還偷看紅色卷宗，你到底有什麼目的？」

喝下記憶特調的他，也驚恐地看著我。

「學長，你為什麼要說自己是李夫人？」

記憶特調只能灌輸記憶，不能知道我當時內心的小劇場，真相是因為我不知道要怎麼面對蘇菲，那時候她正拿出名片要和我交換。

「因為有人叫我李夫人啊！」

「那你可以說你不是啊！」他氣急敗壞地說。

「我怎麼知道我是不是？」

「你當然不是啊！天啊，這不是很明顯嗎？你叫賈斯汀，還娶了一個太太，才不是什麼李夫人！」賈斯汀崩潰的臉，好像我那三天忘了去做SPA一樣。

「所以你不是李夫人？」

「我當然不是啊！一定是那個人認錯了！不然，現場還有誰也叫我李夫人嗎？」

我想了一下。「還有桑德！」我和賈斯汀異口同聲地說。

他想起來，我也想起來了。

「學長！你怎麼可以讓他吃我豆腐？」賈斯汀又崩潰了。

「扶個腰而已，沒什麼吧？」

「你用男人的角度才會這樣想。如果是一個女人被摸來摸去，這當然有什麼啊！」

我困惑地看著他，難道他平常也這麼敏感嗎？只要有人把手放在他的腰上，他就會打性騷擾防制專線？

「唉唷！學長，我下次不把身體借你了啦！你都沒有好好保護它。」賈斯汀生氣的時候，又很像一個女人。

「等等！應該是我質問你才對吧？你先跟我換身分，還硬要我穿上那件旗袍，又偷看了紅色卷宗，你到底是誰？」

「學長，是你找我換身分的吧？其實我本來想找一個真正的女人，跟上次那個一樣……」

他突然瞪大眼睛，說：「該不會上次那個才是李夫人？」

「你之前跟別人換過身分？」

「嗯，一個很漂亮的女人，那件旗袍就是她買給我的，應該說，她買給自己，因為是照我的身材做的，所以後來她就送我了。我從來沒看過那麼美的繡工，應該是常州的老師傅手工做的，我看到標籤上有常州的地址……」

「等等，那件旗袍還在嗎？」我著急地問。

「在啊，那天我怕你吐在我心愛的旗袍上，趕快幫你換了下來。」

「一件來自中國的旗袍？所以李夫人是中國人？」我轉頭看向傑克。

「抱歉，無可奉告。」他還是那句話。

第三章　艾利克——軍購案疑雲（下）

蘇菲失蹤

不出我所料，隔天《異週刊》出來的新聞，出現了完整的錄音譯文。

「你有沒有陪瑞陽的姚董去過總統府？」高雄市議員易鎧大聲地質詢海洋局局長趙可臣。

「瑞陽的姚董夫婦曾經在招待友邦來訪的午宴——」趙可臣局長還沒說完，易鎧就拍桌打斷：「我只問你有沒有陪瑞陽的姚以德去過總統府，回答我有還是沒有！」

趙可臣局長不說話。

「這個問題很難回答嗎？有或沒有很簡單嘛！《異週刊》不是都寫了嗎？你陪姚以德去總統府溝通國防部不要解約嘛！」

「議員，這應該有誤會，我們海洋局跟長濱專案沒有關係，只是幫忙取得建造軍艦的用地……」趙可臣局長急著解釋。

我切換到另一台，那裡正在討論長濱專案的政論節目。

「今天《異週刊》公布的錄音譯文是真的嗎？李委員您認為？」美麗的女主持人把球丟給立法院國防外交委員會的李善子立委。

「我本人見過提供錄音檔案的人，為了保護她的安全，我不能告訴大家她的身分，但我跟大家保證，錄音內容百分之一百是真的！」李善子委員堅定地說。

這有什麼稀奇，我也看過提供錄音檔案的人，怎麼沒有人邀我上政論節目？

主持人問：「陳律師，以您專業的見解，瑞陽姚董說的是事實嗎？只要瑞陽聲請破產，將會是三輸的局面，銀行倒閉、老舊的軍艦無法更新、瑞陽也會倒閉……」

「只有一部分是事實。瑞陽和國防部的合約裡有一個附帶條款，如果瑞陽破產，國防部有權單方終止合約，讓軍艦建造的合約重新招標——」溫吞的律師才講到一半就被打斷。

「沒錯！中船和德商已經放話，只要國防部的條件合理，他們願意接替瑞陽，繼續履行建造合約。瑞陽用聲請破產來綁架政府，是非常惡劣的作法！」插話的李善子委員激動地對鏡頭說：「各位！一千億的聯貸案！這是一千億，不是二十億，不是兩百億，而是一千億！如果瑞陽聲請破產，台灣銀行大概要打掉至少頭期款兩百億的呆帳，這個影響是不可承受的重！如果搞成那樣，金管會主委能不下台嗎？」

主持人接話：「也就是說，現在唯一能挽救金融機構的，就是國防部了！只要國防部不行使解約權，繼續付款，讓軍艦建造完成，瑞陽能順利請款，台灣也有機會如期取得軍艦，金融機構不會倒閉，所以球已經在國防部！讓我們看國防部今早最新的記者會怎麼說。」接著畫面切換到我已經看了十遍的國防部記者會，我疲累地關起電視。

我拿起剛買的《異週刊》，有一件事讓我不得不懷疑賈斯汀身分。因為《異週刊》寫了這段報導：「據可靠消息指出，瑞陽公司從十億增資到一百億，都是用假債權。瑞陽公司的作法是設立十間維京群島的公司，讓這十家公司都跟瑞陽簽署借款合約，再讓十家公司把他們對瑞陽的債權轉增資變成股本，但這十間維京群島的紙上公司，背後都是瑞陽董事長姚以德。」

這件事只有看過紅色卷宗的賈斯汀知道，我是因為喝了記憶特調才知道，那《異週刊》又是為什麼會知道？難道賈斯汀把消息洩露給蘇菲？他們不應該認識才對。我突然拍桌站了起來。

沒錯，他們本來不認識。但品酒會那晚蘇菲打電話給變成我的賈斯汀，他們還見了面，而我昏睡了整整一天。那一天到底發生了什麼事？我醒過來的時候已經從賈斯汀變回艾利克。

就在這個時候，另一件更奇怪的事發生了，英格莉再度上門，這次是直接來我的辦公室。

「艾利克律師，蘇菲已經失蹤一天了！」她又哭了。

「上次是不是她派妳來，想騙我去品酒會的？」我再也不相信這個看起來清純的小女生，他們全部是一夥的！英格莉、賈斯汀、蘇菲，蘇菲為了拿到獨家消息不擇手段，她一直都是這樣。

「沒有沒有！艾利克律師，你真的誤會了！」英格莉拼命搖手。

「新聞的內容已經說明了一切，蘇菲偷走了我的隨身碟！雖然我不知道她怎麼辦到的，但我不會再被她騙了！」這次我真的很受傷，她做了這些事，就在我送她一雙這麼昂貴的鞋之後。

「那你建議我報警嗎？」英格莉六神無主地看著我，當她用左手推高眼鏡時，我才注意到她金框眼鏡下有對細細的丹鳳眼，看起來十分真誠。

「報警？」

「失蹤不是應該要報警嗎？」

我看著她的眼睛。她是認真的嗎？

「我只是不知道要現在就報警，還是再等一下？她從品酒會之後就沒有來上班了。」

這怎麼可能？「那你們怎麼會有那些新聞？所以新聞不是她寫的？」

英格莉說：「不是，跟她無關，我們社長拿到獨家。」

現在我開始有點緊張了。

「妳說蘇菲多久沒跟妳聯絡了？」

「品酒會隔天她就沒來上班了。品酒會有發生什麼事嗎？」英格莉著急地問。

「妳先回去，如果到明天中午還是沒有消息就報警。」丟下英格莉，我衝去找賈斯汀。

「一五一十地告訴我，我們交換身分後到底發生了什麼事，一個字都不准漏掉！」我嚴肅地看著他。

他畏畏縮縮地說：「學長，你不是都喝了記憶特調了嗎？」

他講話的時候不敢看著我，我就知道有鬼。

更大的陰謀

我質問賈斯汀：「關於那個紅色卷宗，為什麼就算喝了記憶特調，我還是一點印象都沒有？」

「紅色卷宗的事我有跟你說啊！」他面帶無辜。

「但那是你跟我說的，不是你記憶裡發生的事！即使我喝了記憶特調，還是對那個過程毫無印象，關於你什麼時候拿到紅色卷宗、誰拿給你的、你什麼時候還回去的，這些應該要出現在你的記憶裡，但為什麼我在你的記憶找不到？」

我也不是省油的燈，經過一天的沉澱，我終於找出問題在哪。如我所料，他愣住了，突然不知道該怎麼回答。

我追問：「你把我送回家的時候，有看到一個女人嗎？」

「這個……有。」他支支吾吾地回答。

我馬上拍桌：「你騙人！如果有，為什麼你的記憶裡會沒有？」

賈斯汀被我嚇得啞口無言。

「其實你根本沒有把我送回家對不對？」我使出交互詰問的氣勢。

這個菜鳥律師竟敢耍我，也不秤一下自己幾兩重。

「送我回家的人是蘇菲？」

他還是不敢說話。

「如果蘇菲那時候告訴你，有一個男人醉倒在她車上，叫你幫她扛上樓，你應該會問一些問題，那你們的通話時間至少也是十秒以上，可是我的手機顯示，女友打到艾利克手機，只講了三秒就掛電話了。」我把手機的通話紀錄秀給他看，讓賈斯汀百口莫辯。

「那三秒只是做做樣子吧？你跟蘇菲什麼時候串通好的？」

賈斯汀突然拉住我的手：「學長，你原諒我吧！」

我使勁掙脫，拿出手機，在我的相簿裡滑到蘇菲的照片。

「她才是李夫人，對嗎？」我終於稍微搞懂發生什麼事。

「學長，我什麼都願意說！拜託你不要告訴事務所！我真的很想繼續當律師！」賈斯汀竟然哭了出來。

雖然大概猜到發生了什麼事，但我還是坐了下來。「你說吧，你是什麼時候在轉身酒吧遇到蘇菲的？」

「就一個禮拜前。我第一眼看到她，覺得就是她了，她才是一個真正的女人，是我一直夢想成為的那種女人，魔鬼身材、銳利的眼神、聰明的頭腦……」

「這不是廢話嗎？不夠優秀怎麼成為我的女朋友？然後呢？」

「然後，她就說她叫李夫人，她提議我們先交換一天。」

「不可能！轉身酒吧裡，每個人的背後都會有人生標籤，難道你沒有發現她是《異週刊》的記者嗎？」

「可是她背後寫的是作家李夫人，我發誓！」賈斯汀斬釘截鐵地說。

「作家？」我愣了一下，「然後呢？」

「然後我就跟她換了一天的身分，她說成為李夫人很簡單，我只要坐在咖啡廳看人來人往，想看看有沒有小說的新點子就可以了。」

我猜想，蘇菲就是用這一天的時間以賈斯汀的身分見了維拉公司的桑德和其他人，所以桑德才會認得李夫人，這也是為什麼當我走進品酒會的時候，大家並不覺得我是陌生人。我早該有警覺，像這種品酒會，怎麼會是隨便人可以進得去的？我曾經以艾利克律師的身分受邀，可是當我長驅直入的時候，我竟忘了那一刻我已經不是艾利克律師，門口應該有人把我攔下來才對，但他們只是看著我走進去。

「所以一天以後你們就換回來，而她把旗袍送給你？」

「我看到旗袍的標籤，就以為她可能是中國人。」

「所以你再回到轉身酒吧，是希望能再見到李夫人？」我問他。

「我覺得一天太短了，如果能成為李夫人——應該說蘇菲，我願意放棄現在的身分！」賈斯汀露出崇拜的眼神，那眼神看起來很真誠。

「那是因為你沒被她騙過。」我攤攤手。

「所以當她打給我，不對，應該說是打給學長你的時候，我馬上就衝去了。」

「衝去哪裡？」

「衝去你家啊！她早就把你搬上樓了，不然你想想，我怎麼可能會有你家的電子鎖密碼？我們兩個不是說好，雖然身分換了，你住你家，我住我家。」

我愣了一下，因為蘇菲來我家的時候常常不是蘇菲，用指紋也打不開，所以我後來幫她設了密碼。

「你現在是在取笑我嗎？這麼顯而易見的謊言我竟然也被你騙？」

賈斯汀趕緊搖手說：「不不不，學長，我沒這個意思。」

「不對啊，你認識的是李夫人，不是蘇菲。為什麼你接到電話，會知道她就是之前跟你交換人生的人？」

賈斯汀愣了一下，「學長，你的來電顯示有照片啊！」

說的也是。「好吧，然後呢？」

「然後李夫人，不對，蘇菲就說，她要再跟我換四個小時，雖然我有點掙扎，但我想，四個小時後再換回來，我也還來得及去開債權協商會議，而且這四個小時不是上班時間……」

「所以，蘇菲變成艾利克律師，進了艾利克的辦公室，還在卷宗申請的平板電腦上簽了艾利克的名字……」因為我送給她的卡片上有我的簽名，這也可以解釋為什麼賈斯汀記憶裡沒有取用紅卷宗的紀錄，因為取用紅卷宗的人是蘇菲！

「其實我那時候超緊張的，如果不是想知道李夫人是不是你女友，我也不會三更半夜跑去你家。結果我變成蘇菲，守在我自己的身體旁邊四小時，蘇菲交待我千萬不能離開我自己的身體半步，真是有夠蠢的！」賈斯汀說。

「你幹嘛不換回來？」

「萬一你突然醒來怎麼辦？如果發現你自己變成蘇菲，那我不是被你打死了？」

我又生氣了：「現在也一樣會被我打死！所以她拿走我的筆嗎？」

「這個我真的不知道。我們身分換回來以後，我在晚宴包裡看到一支筆，就拿去轉身酒吧還你了。」

蘇菲八成是在車上把筆調包的。

「所以，你們沒有去傑克那裡喝下記憶特調，把那四小時的記憶找回來？」

「沒有，可是她有給我一段摘要筆記，就是那幾個維京群島公司的名字。」

「所以你才會知道瑞陽用假債權增資！」

「這樣功過有相抵嗎？」賈斯汀小聲地問。

「抵你個大頭！為什麼不早點告訴我？」我用卷宗敲他的頭。

「蘇菲回來的時候有沒有跟你講什麼？譬如之後她會去哪裡之類的？」我問他。

賈斯汀搖搖頭：「她只有說，如果艾利克發現的話，告訴他我是有苦衷的。」

「她哪次沒有苦衷？」我焦急地在房間裡踱步，蘇菲會去哪呢？我開始想像如果自己是蘇菲，這時候會做什麼事？

她很聰明，用了賈斯汀這個生面孔製造出李夫人這個身分，騙到錄音檔。但她是跟誰騙到錄音檔？我想到拿錄音檔給我的人應該是關鍵人物，他應該相信李夫人可以揭發這一切，所以把錄音檔交給李夫人，可是他為什麼可以拿到錄音檔？該不會那個人就是他們所說的吹哨者，一個化名為「英勇的國軍」寫黑函揭發弊端的內部人士？我只看到他一面，然後他就不見了。

還有英格莉說的「中間人」、桑德說的「那個交易」，蘇菲告訴李夫人說「我會答應你們的要求」，那個要求又是什麼？

我再仔細想想，不對啊，蘇菲明知道李夫人是我，為什麼她會跟我說這麼奇怪的話，難道她想告訴我什麼嗎？我再仔細回想車上的一切，那個鞋盒如果沒有跟著她去品酒會，表示鞋盒一直在車上，所以那台不是計程車？

最重要的是，為什麼我會暈過去？而蘇菲一直在車上說「我男朋友」，她是故意講給我聽的嗎？我到底是什麼時候開始覺得暈的？

是那杯號稱一百萬的酒！自從喝下那杯酒之後，我就開始不對勁。這一切到底是怎麼回事？就在我還想不透事情的關聯發展時，又發生了一則大新聞——海軍少校張子敬在家泡澡時，被掉下的吹風機意外電死。

尋找蘇菲

我還剩下四小時的時間，如果這四小時我還沒找到蘇菲，就只能報警。但海軍少校都可以輕易被謀殺，報警只怕會讓蘇菲的處境更危險。如果她還活著的話。但我從昨天到現在，至少打了上百通電話，都是轉到語音信箱。

我回想起桑德說的笑話：「以後有人在浴缸裡被吹風機電死了，都會算在我們頭上！你們以後都不准泡澡，聽到沒？」原來這不是笑話，是早有預謀，但他們為什麼可以這麼堂而皇之，完全不怕被抓？這表示涉案的層級一定很高。

我和賈斯汀坐在會議室裡，他叫了外賣，但我卻完全沒胃口。

「你明明就不吃辣，為什麼要叫泰國菜？」我看著滿滿一桌的食物，好像此時他的身體裡住著別人，而那個人應該是模特兒或明星，平常只能喝白開水，好不容易換到另一個人的身體裡，終於可以大吃大喝。

賈斯汀說：「也有不加辣的泰國菜啊！寫在備註欄裡就可以了。」

我拿起釘在袋子上的訂單名細端詳：「酸辣海鮮湯——不辣……你這不是為難廚師嗎？」

「難道有道德潔癖就不能當律師嗎？酸辣海鮮湯不辣，黑心律師不黑心……這世界上本來就有很多種可能。」賈斯汀理直氣壯地打開他的餐盒。

我也拆了筷子。

「學長，要不要來一點？」

「我才不要喝你喝過的！」

「有什麼關係？反正是不同湯匙，喝一下嘛！」為了阻止賈斯汀繼續撒嬌，我勉為其難地喝了一口。「真的不辣耶！」我驚奇地看著他。

「就跟你說吧！凡事不要預設立場。」

不要預設立場？賈斯汀給了我靈感。於是，我再把整個故事想一遍，我之前以為蘇菲不知道李夫人就是艾利克。那如果蘇菲早就知道李夫人是艾利克，她跟我說的每句話，背後一定都有用意，於是我從和她相處的最後一句話開始倒帶。

「你知道嗎？我男朋友竟然說，不能把鞋子弄髒，害我在下雨天，還得帶舊鞋來換。」她那時候把新鞋子收進去，舊鞋子拿出來穿。

「鞋盒！」我突然大叫，旁邊的賈斯汀也嚇了一跳。於是我們兩個跑去蘇菲家，用我的指紋開了門，但我們把她家翻過來，也沒找到那個鞋盒。

「學長，你是說，那個鞋盒本來在車子裡？」

我突然懂了，那不是一台黃色的計程車，如果蘇菲不用確認車號就上車，表示那台不是紅牌計程車，而鞋盒原本就在車子裡，最有可能的情況，就是那台車其實是——

「蘇菲的車！」我和賈斯汀異口同聲地大叫。

但我對她的車長什麼樣子卻一點印象也沒有，不過可以確定的是，蘇菲的車一定是停在這棟大樓的地下室，於是我抓了她習慣放在門口的車子遙控器，和賈斯汀一起到了地下室。

我只記得蘇菲的停車位在B3，卻忘了是哪個車位，於是我按了遙控器，有一台車子發出聲音，我和賈斯汀同時轉頭。

「是那天我搭的車沒錯！」我衝了過去。

賈斯汀說：「那肯定是她喝了酒，所以找了代駕。」

「如果鞋盒還在車子裡，那表示她根本沒有時間回家，是代駕幫她把車開了回來？」我假設自己是蘇菲，如果我急著在四小時內找到艾利克的紅色卷宗，可能會連回家的時間都沒有。

「或者是有人在監視她？」賈斯汀開始分析，「會不會她做這一切，其實是不得已？我的意思是，她必須把你迷昏，讓你看起來像醉倒，她才有機會把你送回家跟我換身分，因為蘇菲會被監視，但艾利克不會？」

我說：「這也是為什麼她叫你千萬不能離開你的身體，因為外面有人監視蘇菲？」我現在覺得賈斯汀好像也沒這麼笨。

我們在蘇菲的車上找到了那個鞋盒，果然不出我所料，在那雙高跟鞋的下面藏有一個竊聽器，而鞋盒裡除了高跟鞋之外，還有一個平板電腦。

賈斯汀問：「為什麼她要放一個平板電腦在這裡？」

「她一定有話要告訴我！」

「那她也對你太有信心了，知道你會鍥而不捨地追到這裡來？」賈斯汀無法理解，那是因為他不知道我和蘇菲的過去。

「就算她把自己放進絞肉機，我也會一塊塊地把蘇菲的每個部位拼回來！」我哽咽地說。

賈斯汀吞了一下口水：「放進絞肉機？」

我也發現這個說法有點嚇人，解釋說：「那只是比喻。我的意思是，我認得蘇菲的每個部位，絞成泥我都認得！那曾經是我的身體，我就是她，她就是我！」

賈斯汀露出不置可否的表情：「我們還是先把平板電腦打開吧！」

沒錯，打開蘇菲的平板電腦，就可以打開她的雲端硬碟，這不會很難，我按開平板電腦，輸入一串日期數字。

「那是什麼？」

「那是我們ＸＸ的日期。」

「ＸＸ是什麼？」賈斯汀問了一個白目的問題，又被我打頭。

但平板電腦沒有反應。

「學長，你確定ＸＸ是對的嗎？」賈斯汀小聲地問。

「不可能！我不可能記錯！」

就在此時，賈斯汀把平板電腦移到他面前，認真對著鏡頭看了一眼，平板電腦竟然被他打開了！

「你怎麼打得開？」我驚訝地看著他。

「如果蘇菲曾經變成李夫人，說不定她那時候用了李夫人的視網膜鎖定平板電腦……」

「看不出來嘛！你怎麼變聰明了？」我誇獎賈斯汀。

我們打開了蘇菲雲端硬碟裡的檔案，裡面只有一個音檔格式的檔案，我們聽到一個男人和一個女人的對話，那女人的聲音異常低沉，我轉頭看了一下賈斯汀。

「佣金是建造經費的百分之二十五，如果中國不反對這次軍購，法國也不會支持美國這次推出的ＡＩ晶片法案。」

「晶片法案？你的意思是……」

「美國立法禁止中國取得高規算力晶片，因此中國打算在中東或東南亞使用法商的雲端機房，取得高規晶片的算力。」

男人說：「換句話說，晶片不需要實際運送到中國，中國就可以用法商的雲端機房，用高規晶片發展人工智慧武器？」

女人問：「這消息是真的嗎？這是和法國的交換條件？只要給錢，法國可以幫台灣造軍艦，而中國可以取得高規晶片的算力？」

男人說：「透過雲端機房可以做到神不知鬼不覺。高規的ＡＩ晶片可以用來發展戰略武器，這表面是一個台灣對法國的軍購案，實質上是一場中美ＡＩ晶片大戰。」

女人問：「那瑞陽知道嗎？國防部知道嗎？」

男人說：「國防部指派張子敬少校調查瑞陽的案子，我們已經在張子敬的辦公室裝了竊聽器。」

女人問：「你們怎麼進得去？」

男人說：「張子敬的秘書用戰備鑰匙開門，讓我們進去裝了竊聽設備。」

女人說：「可是國防部的無線網路有管制，設備連不上雲端，必須有人進去張子敬的辦公室再把錄音設備取出來……」

男人說：「等我們的人取出來，妳能公布錄音內容嗎？兩百億已經人間蒸發，但只要國防部和瑞陽解約，後來的錢就出不去了，這件事也會結束。妳必須猛打瑞陽，逼得國防部不得不解約。」

女人問：「你們到底是哪邊的人？」

男人說：「李夫人，妳不需要知道那麼多。」

「是德國嗎？如果國防部和瑞陽解約，就會重新招標，那德國和中船就有機會得標……該不會你是中船的人？」女人繼續套話。

「知道太多不是好事。」

女人突然大叫：「難道……其實你是美方的人？你的目的是為了阻止中國取得AI晶片？」

男人說：「妳不要再猜了，妳只需要把錄音內容拿給《異週刊》的那個女記者，還有叫那個男律師不要為虎作倀，就讓瑞陽破產，惟有國防部和瑞陽解約，這件事才能結束。」

檔案到這裡結束，我和賈斯汀聽完內容都沉默不語。

我看著賈斯汀：「那女的是蘇菲扮成的李夫人吧？一聽就知道是你的聲音。」

賈斯汀雙手抱臉哀嚎：「完了，張子敬已經死了，那我會不會洗澡的時候也被電死？現在所有的人都覺得我是李夫人！」他開始覺得害怕。

蘇菲那時候跟扮成李夫人的我說，事成之後，我會答應你的要求。「事成」指的是哪件事？是艾利克律師促成瑞陽破產，還是蘇菲把這件事公諸於世？我現在才不關心晶片會不會流到中國，我只關心蘇菲的安全。我抬頭看著蘇菲車上前後的行車紀錄器，突然想到什麼，把行車紀錄器的記憶卡取下來。

「你想找那個司機的臉嗎？」看到我的動作，這次賈斯汀也很快想到。

「也許他可能是其中一個綁走蘇菲的人！」我把記憶卡晶片插入我的手機，馬上看到一張熟悉的臉。

「《異週刊》的社長？」我驚呼。

賈斯汀大叫：「這就是為什麼蘇菲不見，但《異週刊》還是拿到新聞的原因！」

「因為蘇菲知道她可能有危險，所以把那支隨身碟的筆交給了社長？」我說完和賈斯汀四目相望。

「那麼，蘇菲現在到底在哪裡呢？」賈斯汀困惑地看著我。

我懊悔地搥著牆壁。

「學長，你在幹嘛？手都流血了！」賈斯汀死命地抱住我，不讓我繼續靠近牆壁，好像流血的人是他。

「走開！不要管我！」我大力地推開他。

但他不知道哪來的力氣，打死不放。

「拜託你不要這樣好不好？」賈斯汀大叫。

「我好想念蘇菲……」我竟然哭了出來。

「學長……」賈斯汀想說些什麼，又吞了回去。

「蘇菲一定會沒事的。」

「如果她出事，我一定不會原諒自己！」

「不是你的錯啊！是蘇菲先把你迷昏的！」

「可是我明知道她會不顧一切地追求真相，卻沒有好好地保護她，還懷疑英格莉在跟我開玩笑……」

「那也不是你的錯……」賈斯汀看著我，我們就隔著一個拳頭的距離。

「我想把自己放進絞肉機裡！」

「你不要這樣嘛！蘇菲要是看到你這樣，會很難過……」

「其實我們根本不是男女朋友！」

「我一直以為——」賈斯汀講到一半就被我打斷。

「我喜歡她，可是她不喜歡我。」

賈斯汀鬆開雙手，後退了一步。

「你怎麼知道？」

我幽幽地說：「從頭到尾，她只是在利用我。」

賈斯汀低下頭問：「如果是這樣，那你為什麼還要繼續讓她利用？」

「因為我怕……如果沒有繼續讓她利用，她就會離我而去。」

賈斯汀抬頭看我：「所以，你一直都知道？」

「對，我一直都知道。」我無力地說。

我想到那個O和X的牌子。英國特務應該也知道，俄羅斯女間諜一直都在欺騙他的感情，從一開始就是。

大律師出手

第二天。

我拿著平板電腦，想著「為虎作倀」的問題。律師和客戶之間有保密義務，即使知道客戶做壞事，律師也不能去檢舉自己的客戶，所以我不可能把瑞陽付佣的事抖出來。

但眼前最重要的還是先找到蘇菲，此時我只剩下兩個小時。如果司機不是壞人，那表示蘇菲在送我回到家之前都是自由的，也許只是被跟蹤，那麼，蘇菲出事，應該就是她和賈斯汀，不對，應該說是她和我換回身分之後才發生的。

我必須先整理一下目前的線索：李夫人就是蘇菲，這個謎已經解開。中間人應該就是那個錄音檔裡的男人，也就是我見過一面的人，目前身分不明。至於吹哨者，有可能是已經死掉的張子敬少校，或者是另有其人。

而想抓走蘇菲的人，無非是不希望這件事曝光，法方和瑞陽嫌疑最大，至於德方和中船他們反而希望事情曝光，國防部解約，他們才有機會把失去的案子拿回來，而中國和法方的立場接近，也怕事情曝光，美方則和德方立場較接近。

但是綁走蘇菲有什麼好處呢？她又沒有任何決定權，除了阻止她繼續把事情抖出來，或是報復她已經寫的報導內容之外，她和這件事並無關連。於是，我想了一個解救蘇菲的方法，這方法不是太好，但我想不到其他更好的方法。

「賈斯汀，你能再回去當一次李夫人嗎？」我低聲下氣地哀求。

他花容失色地看著我：「學長，你要我去見誰？」

「見桑德。」

賈斯汀馬上崩潰：「那萬一他對我ＸＸ怎麼辦？」

「ＸＸ是什麼意思？」

「就跟你上次說的一樣意思啊！」

「不會啦，你是男的耶，他能對你怎麼樣？」

「不如我們還是報警吧？」他再度用水汪汪的眼睛看著我。

「不行，這樣蘇菲反而會有危險！」

「你要我見他，是用剛剛那個錄音檔威脅他嗎？」

我想了一下：「不行，那個錄音檔絕對不能流出去！一個錄音檔牽涉那麼多國家，一旦流出去會出大事！」

「那你要我怎麼做？」

我拿出軍艦的建造合約，這也在紅色卷宗裡，不過是另外一個資料夾。「如果瑞陽破產，聯貸銀行要認列全部的呆帳損失，這樣會動搖國本，也會有銀行因此倒閉，所以瑞陽不能破產，但付出去的佣金必須拿回來，國防部也必須和瑞陽解約。」我分析給賈斯汀聽。

「可是現在不就是卡在進退兩難，如果國防部繼續付錢，瑞陽可能造不出軍艦，國防部變冤大頭，但如果國防部不付錢，銀行會倒閉……」

「所以我們必須想出第三種方法。」我還是回到律師的專業。

「與維拉的建造合約有排佣條款，也就是說，如果這案子裡有任何人拿到佣金，維拉公司必須償還佣金給台灣國防部。因此，不一定要讓國防部出錢當冤大頭，國防部也可以去跟維拉公司要錢。」我向賈斯汀解釋。

賈斯汀說：「也就是說，如果找到收佣的人，他收到多少佣金，維拉公司就要賠國防部同等金額，而且地檢署還可以起訴收佣的人，追回他的犯罪所得，這樣等於是拿回兩倍的錢，用這些錢來解決現在的難題？」

「你不錯嘛！」我覺得賈斯汀真是一夜長大。

「學長你好強喔！我真是太崇拜你了！」賈斯汀又衝過來抱我，我推都推不開。

「那……就委曲你再去當一次李夫人了。」

賈斯汀面露難色，但已經沒有再拒絕我。

「那我要去跟維拉公司的桑德說什麼？」

「你把錄音檔放給他聽，然後告訴他，趁國防部還沒有提起仲裁，他們應該主動找國防部和解，大家就私了，不要把事情搬上檯面，一旦被監察院或立法委員知道，這件事就會鬧大。」

「私了的意思是……」

「只要他們把蘇菲放回來，我就會找漢娜去和瑞陽談，瑞陽不聲請破產，但國防部還是解約，維拉賠百分之二十五的佣金，但國防部會下新的武器訂單，讓他們的損失可以拿一點回來，同時聯貸銀行吃下一部分的呆帳，這件事結束，長濱軍艦改由德商和中船繼續製造，晶片的事也不會發生。」

賈斯汀深吸一口氣：「那死掉的那三個人呢？」

我嘆了一口氣：「你知道之前拉法葉艦的案子總共死了幾個人嗎？」

賈斯汀說：「台灣加法國，至少十四個。」

「後來有破案嗎？」

賈斯汀搖搖頭。

我說：「牽涉國家利益的案子，最後只能石沉大海，我現在只在乎蘇菲能不能安全回來。」

「如果蘇菲回來，這件事也就這樣了嗎？我的意思是，錄音內容不會公諸於世，沒有人知道這個軍購案和ＡＩ晶片有關，中間哪些高官收了錢也不再查下去？」賈斯汀再度用他水汪汪的眼睛看著我。

「除非你想再搞一個拉法葉艦的案子，死十四個人。」

賈斯汀沉默了。

「但至少一部分的錢也追回來了。」

「重點是蘇菲能回來，對嗎？」

「嗯，如果不是為了蘇菲，我不會辦這個案子。」我沉重地說。

如果真像蘇菲說的，以某個時間為軸心，鏡像事件會重複地發生，那這件事，就是當年我做過的某個軍購案。那年，我幫某個造船公司設了十家紙上公司製造假債權，再用債權增資，達到聯貸銀行要求的增資金額。

賈斯汀問我：「蘇菲對你來說，真的這麼重要嗎？」

「本來我也不知道，但經過這次的事，我知道蘇菲在我心中比任何人重要。」我哽咽地說。

賈斯汀竟然流下眼淚。

「你幹嘛？」

「對不起，學長，我實在太感動了！」

「神經病，關你什麼事！」賈斯汀真是從裡到外，都像個女人。

我無奈地搖頭。

真相大白

第五天。

我再度坐在傑克的酒吧裡，留聲機裡傳來悅耳的歌聲，今天我穿著復古合身的西裝，手裡拿著最新一期的《異週刊》。這一期的標題寫著：「神祕女記者海削軍火商百萬，被指收錢不辦事」。這又是另一個熟悉的鏡像事件吧！日本畫家和某個女記者的新聞事件。

我搖晃著手中的威士忌，雖然不是百萬名酒，但喝起來卻讓人覺得輕鬆許多。

「這個報導明明就是暗指蘇菲，但她是《異週刊》的記者，《異週刊》怎麼會爆料自己的女記者？」

我笑笑說：「如果不這麼做，要怎麼交待蘇菲平白無故失蹤了一天？」

「你的意思是，蘇菲失蹤一天，他們就當作她答應陪維拉公司的桑德上床，刷爆他的卡買了一堆禮物，最後卻反悔不做性交易？」

「只能以這種方式作結。難道要說法國人在台灣綁架了一個女記者，目的是為了阻止她把張子敬少校辦公室的竊聽內容公諸於世？」

「所以蘇菲真的有張子敬死之前的電話通聯內容？」

「已經被銷毀了。」我喝了一口酒。

「那張子敬的案子還能破嗎？」

「你說呢？」我看著傑克。

傑克繼續玩著他的花式調酒。

「你一直都是這樣嗎？即使知道有人會死，你還是眼睜睜看著它發生，卻什麼也不做嗎？」

傑克還是那句話：「我不介入客人間的紛爭。」

「但有件事我很好奇。」我看著傑克，「為什麼蘇菲明明是記者，賈斯汀在轉身酒吧看到她的時候，背後的投影卻寫著作者？難道你的人臉辨識系統失靈了？」

傑克聳聳肩：「誰知道！機器絕不會騙你，只有人會騙你。」

「你的意思是，蘇菲如果曾經用李夫人的筆名和她的照片發表過文章，機器就會以為李夫人是作家，蘇菲就是李夫人？」

傑克挑了挑眉：「無可奉告。」

事情照我規畫的發展，瑞陽沒有聲請破產，聯貸銀行團同意展延債務並免除利息，國防部行使解約權，長濱專案重新招標後，由中船和德方得標，維拉公司主動釋出善意，退回所有已收款項，迪耶因背信罪被限制出境，他在三葉銀行所有資產被凍結。沒有人知道迪耶就是其中一個中間人，也沒有人知道長濱案的佣金率高達百分之二十五，更沒有人知道關於ＡＩ晶片的事。

但賈斯汀卻提出辭呈，就在我覺得他是個可造之材之後。他的理由是，因為他的臉已經曝光，繼續留在台灣會有危險，所以他想去瑞士唸書，我沒有阻止他，這的確是一個正確的選擇，李夫人從此在台灣消失。

我今天不想變成任何人，只想繼續當艾利克。

「蘇菲幫你付了錢。」當我要結帳的時候，傑克這麼說。

雖然今天沒有看到蘇菲有點失望，但我絕對不會承認我是為了見她，才來這個地方。

「我們錯過了嗎？」

傑克說：「嗯，她剛離開。」

一點也不意外，這就是蘇菲，即使大難不死，她第一個想看到的人也不會是我，我在她心中是那麼微不足道。我悵然地拎起外套，叫了一台計程車。

回家的路上，我一直想著，我一直心甘情願地被蘇菲騙，這件事到什麼時候會結束？是她發現我已經發現，還是她一直沒發現我發現，但我再也無法自欺欺人的那天？

也許這就是我們無法永遠在一起的原因，她太熱愛自己的工作，而我太熱愛她，一種無可救藥的單戀。

我下了車，和那天一樣的滂沱大雨，我很好奇蘇菲一個女孩子，要怎麼把賈斯汀的身體抬上樓？一進大樓，保全就拿了平板電腦給我簽收，是好幾個包裝漂亮的大盒子，我看了盒子上的牌子，那是名牌西裝和手錶。

「還有一封信。」保全神祕地看著我。

我把信打開。「親愛的艾利克，我有一天會再次偷走你的人生，到時我要穿上這些行頭，不准弄髒。蘇菲。」

我笑了笑，她怎麼可能有這麼多錢？

於是我趕緊打開《異週刊》雜誌，仔細地讀這期頭條新聞：「神祕女記者化名李夫人竊取情資，疑似答應性交易又反悔，法國富商為她刷卡百萬，買的卻是男裝，李夫人真正性別成謎……」我愣了一下，再看了看我手上的禮盒，好像搞懂發生了什麼事。

我一進屋，就有人擁上來親吻。

「誰准妳自己進來的？」

「我是蘇菲小偷，進別人家從來不先敲門！」

「妳終於回來了！妳知道我有多擔心妳嗎？」

「我知道。」她不讓我說話，在黑暗中親吻著我。

「你確定你認得蘇菲的每個部位？」

我停住手。

「絞肉機？就沒有好一點的形容詞嗎？」蘇菲輕輕地打我。

「在你心中，蘇菲真的比任何人還重要嗎？」

聽到這句，我完全懂了。我把她推開，差點罵出髒話。

「妳是賈斯汀？妳什麼時候跟賈斯汀互換的？」

只穿著薄紗睡衣的蘇菲，好整以暇地在沙發上坐下。

「我不見了，你就這麼緊張？」

「妳竟然利用我！所以妳才叫英格莉來求救？」

我發現自己再度被騙，幾乎要抓狂。難怪我覺得賈斯汀變聰明了，因為他根本不是賈斯汀！

「你幹嘛一直搥牆壁？看到你流血，害我超心疼的！」

蘇菲拉住我的手，但我卻氣到發狂。

「魔鬼身材、銳利的眼神、聰明的頭腦……妳還真好意思往自己臉上貼金！」我生氣地說。

「如果沒有這麼做，我就沒辦法逼你出手啊！」蘇菲理直氣壯地說。

「所以妳早就知道軍購案背後的秘密？」

「我可是個有良心的記者，不是什麼事都想獨家爆料。像這個案子，如果讓德國人一直鬧下去，美中關係變緊張，台灣和法國會夾在中間，對大家都不好。」

「所以妳要我用法律手段解決這麼多國家的政治問題？」

「你救了台灣耶，艾利克英雄。」

「那賈斯汀——」我還沒說完，蘇菲就接話。

「他就是那個『英勇的國軍』，這不是很明顯嗎？如果不是這樣，他怎麼可能這麼聽話，一直跟我交換身分？」

「所以妳背後的人生標籤不是作家，也不是李夫人？」

「這麼顯而易見的謊言，你也會被騙？」我看得出來蘇菲很努力忍住不要笑。

「他就是吹哨者？」

「愛國的人還是很多。」

「那賈斯汀當蘇菲的時候，他在幹嘛？」

「不是跟你說了嗎？看著人來人往，坐在咖啡店喝咖啡啊！」

我生氣地說：「你們兩個怎麼可以利用我？」

「不這麼做，艾利克律師怎麼肯出手相救？」

「所以妳真的把我迷昏？」

「是不是覺得很舒服？那個藥我還是有挑過的。但你蠻聰明的，用通話時間來判斷，這個我倒是疏忽了，我只跟賈斯汀說可以出發了，當然只花了幾秒鐘的時間。」

我抑制自己的憤怒：「妳怎麼可以利用我對妳的——」

「XX？」她馬上接話。

「蘇菲！！！」我不知道該拿她怎麼辦，好想把她放進絞肉機裡。

但她溫柔地靠近我。

「艾利克，你真的很怕我消失不見嗎？」

我賭氣不說話。

「我是在利用你沒錯——不對，一開始是這樣，但後來——」蘇菲講到一半，突然住口。

「後來怎麼樣？」

蘇菲背過身去。

「總之，你不能說我沒有喜歡你。」

在我來的世界，法院判決的寫法都是負負得正：不可謂無理由，就是有理由的意思。不能說我沒有喜歡你，應該就是……我喜歡你？

蘇菲突然哭了，我認識的蘇菲很調皮，從來不哭。

「艾利克，我只是很害怕……如果有一天，我會突然消失不見，你還是想跟我在一起嗎？」

「我想跟妳在一起，就算是只有一個小時、一天，一個禮拜或一年！」我認真地說。

「即使你不認識我，即使我像鬼魂一樣地存在……」

「蘇菲不是鬼！不管別人怎麼想，我知道蘇菲是真的人！妳是我的鏡像，住在我心裡！這不是幻覺！」

「你確定嗎？」

「我確定！蘇菲喜歡愛情劇，從她的平台推荐片單就可以看出來。蘇菲點泰國菜的時候會註記不要辣，點燒肉飯會註記不要洋蔥，點筒仔米糕會註記不要香菜，點小火鍋會註記不要青江菜。蘇菲會日文，因為她的手機有預設日文鍵盤，蘇菲——」

「夠了！」蘇菲拉起我的手。「你變成我的時候，都在調查我？」

「我想更了解妳一點，因為妳什麼都不肯告訴我……」

「可是蘇菲變成艾利克的時候，只想在艾利克身上刺兩隻親嘴的烏龜！」

我笑了，這應該就是我喜歡蘇菲的地方。

蘇菲低下頭說：「艾利克，我不知道你真的會為了我，接下那個案子。」

「妳在測試我嗎？用這個案子在測試我？那我通過測試了嗎？」

「我不是對你沒信心，我只是……不確定自己在想什麼。」

有那麼一刻，我想問她文森是誰，但我還是忍住了，也許有一天，她會自己告訴我。

一定會有那麼一天的。

「我不是說過，事成之後，我會答應你的要求……」她兩手環繞我的脖子。

「我的要求？」我記得蘇菲曾經對李夫人說過這句話，但關於艾利克本人的要求又是什麼？

「妳答應……我的要求？」我有點不敢置信。

「我答應你，蘇菲會讓艾利克有機會好好認識蘇菲。」她再度抱緊我。

「妳真的願意這麼做？」我喜出望外。

蘇菲點點頭：「你是我的男朋友，這件事從來沒有改變過。以後不要再說那種讓人傷心的話了。」

直到這一刻，我才有一種擁有蘇菲的真實感，而不是在一個鏡像空間裡，為了騙取對方身分而存在。

我們火熱地接吻，像正常的情侶那樣。

然後我們XX，直到OO。

幽靈船

半年後。

「不用開了，這個月的藥都沒有吃。」

克莉斯汀微笑地看著我。

「我跟她求婚了。」

「哇，恭喜。」

「我想跟妳道謝。第一次來見妳的時，我還很不客氣。蘇菲說我是個自大、狂妄、目中無人、自我感覺良好的人。」

克莉斯汀大笑：「好像是喔！」接著突然收起笑容：「上次你說，轉身酒吧的位置就在失火的西餐廳旁邊對吧？」

「嗯，就是那棟租不出去的大樓。」

克莉斯汀從螢幕中抬頭：「昨天的新聞你有看嗎？又有人說在那裡看到幽靈船，真是繪聲繪影。」

「那個傳說已經幾十年了，因為連著台北和台中兩個西餐廳大火，所以有人說，火場上方有個幽靈船，要等到接滿一百個人才會離開，而台中那場大火，死了六十四個人，台北這個，死了三十三個人，加起來是九十七個人。」我省略了蘇菲告訴我的說法，我已經不期待克莉斯汀會接受那種版本。

克莉斯汀不置可否地點點頭。

「轉身酒吧裡的絕不是鬼！我跟妳保證！我親眼看到我的同事進去。」

「當然不是。」克莉斯汀敷衍地附和。

「我真希望能帶妳進去看一眼，如果妳願意的話……」

克莉斯汀馬上搖手：「不不不，我一點興趣也沒有，我喜歡做自己。」

因為她無法體會成為別人的快樂。或者，她到現在都沒有被說服。

「對了，我最近去了史考特的家。」

「用艾利克律師的身分？」

「當然不是，如果是艾利克律師的臉，應該馬上被轟出去吧！他們終於還清貸款了，謝謝妳的幫忙。」

「沒什麼，我只是用基金會的名義，幫你固定匯款給他的家人而已，他們一直追問無名善心人士的身分……」

「我怕說了，他們就不肯拿錢了。」

「那真的不是你的錯。史考特會選擇自焚，跟他的人格特質有關。」

我喝了一口茶，悲傷地說：「但是，我那時候告訴他我會盡力。」

我想起那個自焚的畫面，史考特為了抗議都更，犧牲了自己的生命，卻無法阻止一棟新豪宅取代他們的鐵皮屋老宅。我一直不能理解，有什麼原因，必須守著一間會漏水的老房子。後來我才知道，是因為那棵老樹。那時我騙他，我會盡力說服建商留下那棵樹，所以他才在熱炒店蓋了手印。

樹被砍倒的那天，他的生命也結束了。那一刻我才明白，有些價值需要用生命去守護，但那些黑心商人永遠無法明白。黑心律師雖然明白，卻也無能為力。

「艾利克，你有沒有想過，如果像一場夢，這一切會突然間消失……」

我笑笑，就知道克莉斯汀一直不相信。「沒有那麼一天。妳真應該親自到轉身酒吧看一眼。」

「你知道的，有些人會有性別認同上的困惑，你有想過嗎？也許有時候你會以為自己是女生。」

怎麼可能？我又不是賈斯汀！

「我只是說可能。如果用科學解釋變身這種事，也許你一直希望自己沒有被保密義務綁住，可以揭發客戶的罪行，也許你很討厭自己的性別，討厭自己的職業，所以偶爾會以為自己是另外一個人。」

「雙重人格？妳想說的是這四個字嗎？」克莉斯汀小心翼翼地說。

克莉斯汀嘆了一口氣：「我沒有批判的意思。也許變身和鏡像空間都是真的，只是旁人不懂而已。但既然你不會失眠，也沒有幻想或焦慮的問題，那我也沒有什麼藥能開給你了。」

「所以我以後不用來了？」我驚訝地看著她。

「我已經幫不了你，但我建議你可以找心理諮商師聊聊，我可以幫你介紹。」

她的意思是我已經無可救藥？

「這是驅之別院的意思嗎？」

克莉斯汀笑了出來：「我沒有要趕你走，你隨時可以再來，如果有需要的話。」

我喔了一聲，有點不甘心地站起。好像一個案子因為當事人死亡而免訴，但律師還磨刀霍霍地想揭發真相。

我想聽到克莉斯汀說：艾利克，你是對的，真的有轉身酒吧，對不起，我誤會你了。但她只是退了我掛號費，我若有所失地出了診間。

心理諮商師？我只在電影裡看過，他一定是另一個覺得我精神有問題的人。回想之前，我曾經十分討厭我自己，所以選擇孤獨，每晚必須靠安眠藥入睡，直到遇見蘇菲。既然我沒病，而且失眠的問題也被治癒，那為什麼我還需要做心理諮商？於是我隨手把克莉斯汀給我的名片丟進垃圾桶裡。我沒病，有病的是其他不相信轉身酒吧和鏡像空間的人。

我想知道更多轉身酒吧的秘密，證明我不是在和自己對話，也沒有妄想症。

其實我一直有個疑問，為什麼我每次去轉身酒吧，都會看到一對貼身跳舞的男女，他們沒有到處喝酒搭訕交換身分，只是兩個人抱著跳舞。女的人生標籤寫的是家庭主婦，而那個男人，人生標籤是餐廳侍者。

今晚，我穿著米色西裝，胸口有絲絹手帕，頂著油亮的西裝頭。蘇菲穿著黑色繡花旗袍，露出半截長腿，像一隻慵懶的貓，躺在我腿上把玩著橡皮筋。

「蘇和羅傑，那是一種禁忌的愛。」蘇菲幽幽地說。

「羅傑是那個餐廳侍者的名字？」

「嗯。並不是所有的生離死別都令人傷感。有時候，離開是為了遇見下一個人，像蘇那樣。」

不知道是留聲機裡《Childhood Remembered》的小提琴版音樂太過傷感，還是我終於鼓起勇氣。「那妳的上一個，是什麼樣的人？」

正玩著橡皮筋的蘇菲，突然把橡皮筋彈得老遠。

蘇菲一直不說話，我怕自己又惹她生氣了。

我說：「不想說不用勉強。」

蘇菲坐了起來，躺在我的肩膀上，撫摸著我西裝口袋裡的絲絹手帕。

「他……跟你很不一樣。」她說這句話的時候，我看著她，她沒看著我，卻盯著手帕直瞧，那眼神，好像走進一段回憶的黑洞，發現前面沒有路又退了回來。

我牽起她的手：「沒關係，我不想知道。」

「艾利克……」她喊了我的名字。

我只是緊緊地抱住她，和她一起聽音樂，我們沒有再說任何一句話，就這樣靜靜地抱著。

我改變主意了，轉身酒吧的過去不重要，蘇菲的過去也不重要。如果鏡像空間是永恆，我情願時間停留在此刻。我和蘇菲應該把過去寫在一張紙上，裝進黑盒子，埋進土裡，讓它永遠見不得光，把這件事留給未來去解謎。

因為我也害怕她會問我，艾利克，那你有過去嗎？我絕不能告訴她關於史考特的事，我們都應該繼續往前走。我和蘇菲會有美好的未來，此刻我是這麼相信著。

第四章 蘇菲——消失的被害者（上）

骷髏戒指

凱薩琳和凱文坐在警車裡聊天，一靠近封鎖線，凱文便急煞車。

「你可以遠一點就開始踩煞車！」凱薩琳的包包沒有拉鍊，東西散了一地。

「學姐，對不起嘛，我的車又不是特斯拉！」凱文一邊道歉，一邊幫忙撿東西。

兩人下了車，現場是一具身體朝下的無頭腐屍，身中六槍，本來埋在土裡，因為連日大雨才被沖到山腳下。

凱文看到鑑識人員把證物裝進證物袋裡，喃喃碎唸：「又是骷髏戒指。」

凱薩琳說：「今年第四起了，死者口袋裡都有一個骷髏戒指，全部是近距離射擊。」

其實真的凱薩琳去希臘度假了，這是我和她的交換條件，身為人民保姆，已經二年無法正常請特休，身為好公民的我，當然要協助她變身成為也是好幾年沒有請特休的記者蘇菲。

沒錯，這次我變成了女警官凱薩琳。

本來這個特休打算連著婚假一起請的，先不談艾利克知道我自己跑去希臘坐遊輪有多生氣，但我只是答應嫁給他，又沒說什麼時候，也沒人規定度蜜月一定要兩個人同時去——應該沒有吧，如果有的話，請告訴我是民法的哪一條這麼規定。

也許是因為艾利克問我的那個問題：「妳的上一任是什麼樣的人？」

我知道自己一直在逃避什麼，是那場大火？是沒有離開火場的文森？是無法永遠留在艾利克身邊的我？還是關於變身的真相？那場西餐廳大火改變了很多事，關於愛情，關於永恆。

艾利克很天真，他覺得我們會像一般夫妻一樣，有美好的未來，生幾個小孩——那是因為他還不知道真相。

我無法想像，當旅行出發那天我人間蒸發時，艾利克的表情會有多難看，他對我應該會非常非常生氣，氣到他想把我丟進愛琴海。但這件事並不新鮮，他上次說想把我放進絞肉機，最後還不是原諒我了。每次都這樣，我知道艾利克很健忘，其實我也是，我們都忘了有多愛對方，或是多討厭對方，最後忘了自己有多麼熱愛這份工作，以致於偶爾會講出一些失去理智的話，譬如結婚以後就轉內勤編輯，這種根本做不到的承諾。

可能艾利克是因為這樣才生氣的吧，誰知道。他現在完全不想理我，不接我電話，不回我的信，我們兩個人每次講到復合這種事，就會卡在以後能不能繼續變身，變身時能不能搞外遇，以及是不是要誠實告訴對方真實身分的這種話題，然後無疾而終。

他不能放棄變身，我也是。我不想什麼都告訴他，他也是。我們注定要分手，所以我必須製造一些容易吵架的話題，譬如外遇。

變身時怎麼可能不搞外遇呢？都變成另外一個人了，當然要過「那個人」的生活啊！我們在這種話題的結論不可能有交集，艾利克和蘇菲本來就不可能像正常的情侶一樣：戀愛，然後結婚，生個小孩。

這些都不是重點，我只是在拖延什麼。

好幾次我想開口告訴他，只是不知道要怎麼啟齒，關於我和他在兩個世界的這件事。因此，分開一段時間也許對我們兩個都好。忙碌可以讓我們分散注意力，現在我腦海裡只有骷髏戒指命案，而他——我也不知道他在哪，也許被我放鴿子以後，他又埋首在哪個了不起的大案子，做到沒日沒夜。

第一次見到凱文的那一秒，我幾乎忘記怎麼呼吸，只能不斷地告訴自己，他長得很像某個人，只是巧合而已。凱文是個高高瘦瘦的警官，戴著一副黑框眼鏡，小小的眼睛藏在眼鏡之後，笑起來的時候，眼睛瞇成一條線。除此之外，幾乎很難從眼神猜到他此刻的心情，因為黑框眼鏡實在太搶眼了。

我必須仰著頭才能跟他說話，他總是叫我學姐，一副很怕我生氣的樣子。也許真的凱薩琳很兇，老擺出一副老鳥姿態。

「骷髏戒指到底是什麼信物？某種邪教嗎？」凱文邊看著證物照片邊喃喃自語，而我從桌子底下拿出鞋盒，換上艾利克送我的鞋。不會有人想穿著水鑽高跟鞋去看屍體。其實，即使是在警局裡面穿也很怪，但我就是愛它，我和凱薩琳有一樣的大腳尺寸，這不就是天意要我穿著來上班嗎？

我看著鑑識報告，納悶地問凱文：「你不覺得很怪嗎？戒指為什麼不是戴在手指上？」接著突然拍桌站起，「我們有量過死者的指圍嗎？」

「什麼意思？」

「會不會……他們根本戴不上去？」

「妳的意思是……」

我斬釘截鐵地說：「如果根本戴不上去，那表示這戒指不是死者的！」

「不是死者的，那會是誰的？」

「或者那戒指不是用來戴的？」凱文托著下巴思索。

這時，同事大衛拿了一疊資料過來。

「馬的，記者每次都亂寫！」我一聽到「記者」兩個字，耳朵便豎起，看著大衛丟在桌上的資料。

「『診所掩護七旬醫賣嬰逾十年』？喔，就是那個上政論節目辯論的醫生約書亞？」我想起來了，那個醫生號稱棄嬰之父，在電視節目上大言不慚地說，他為這個社會解決了棄嬰問題，不然應召女和逃跑外勞偷生的小孩該何去何從？大眾只是視而不見，想找一個出氣的代罪羔羊。

大衛氣憤地說：「明明就是六十年，那老醫生販賣嬰兒超過六十年！」

「只是六十年寫成十年，我還以為是什麼了不起的錯誤！」我反駁大衛，「亂寫」這二個字可以這樣隨便用嗎？

「水腦症的嬰兒？」凱文戴著黑框眼鏡，不理會我們的爭辯，看著一張又一張水腦症嬰兒的照片。

「這麼嚴重的水腦症應該活不久？」我看著一張張令人心碎的照片，那不是輕微的水腦症，這些嬰兒的五官已經因為頭圍變成兩倍大而扭曲。

大衛問我們：「你們猜這個老醫生的律師是誰？」

「AI？」凱文噗哧一聲笑了出來。他不應該來刑警隊，我覺得他該去拍戲，專門演那種觀眾不可能相信他是兇手的心理變態狂。

「艾利克，那個赫赫有名的軍購案律師。」

大衛一說完，我馬上把剛喝下的水噴了一地。

「艾利克？」我和凱文同時叫出聲。

大衛說：「沒錯，不是艾利卡，不是艾利，是艾利克！而且，他等一下就會過來陪訊。你們兩個對他有什麼意見？」

凱文說：「沒什麼，只是聽說他很有名……那妳呢，學姐，妳認識艾利克律師嗎？」

「不認識，怎麼會認識，我也是從新聞聽過他的名字而已。」我心虛地說。

「學姐，那妳幹嘛補粧？」凱文發現我馬上拿出化粧包，困惑地看著我。

對耶，我幹嘛補粧？我現在是凱薩琳，又不是蘇菲。

「這是對職業的尊重！學著點！」我敲了凱文的頭。

「這也要學？」凱文露出困惑的眼神。

這麼久沒見，不知道艾利克最近過得好嗎？不告而別的時候，我已經打定主意，就算艾利克移情別戀，就算艾利克氣得跟我分手，那也只能說遺憾。

我很想問他近況，或是問傑克，但蘇菲不會這麼做，凱薩琳更不會這麼做，我一直是這麼想的，直到艾利克出現在我面前的前一秒。

下一秒我就像找不到花蜜的蜜蜂，六神無主地跳來跳去，完全無法靜止不動，也不知道自己在做什麼，努力讓自己有事情忙，卻沒辦法做好任何一件事：倒水的時候燙到手，翻文件的時候把紙撕破，僅僅是想整理辦公室，卻把重要的證物照片丟進垃圾桶。那都是因為玉樹臨風的艾利克，穿著名貴的西裝走進來，像往常一樣讓人傾倒。

旁邊那個矮小的老人，在艾利克身邊顯得更加猥瑣，我想那應該就是約書亞醫生。

酒吧的真相

大衛問：「你把嬰兒賣到什麼地方？」

「我沒有賣嬰兒。」約書亞醫生說。

「那這些嬰兒後來去哪了？」

「麻煩你記一下，他說他沒有賣嬰兒。」艾利克說完，大衛忿忿地瞪了他一眼，好像艾利克幫一個罪大惡極的人辯護，自己也變得罪大惡極。

本來就是這樣。不長眼的艾利克，幹嘛幫這種人辯護？我在大衛旁邊繞來繞去，假裝借筆，又假裝倒水，偷聽他們說話。好在今天有一個幫派械鬥案進來，占滿了所有的偵訊室，艾利克和約書亞醫生只能坐在角落的桌邊偵訊，我才可以三不五十就走近偷聽。

但艾利克完全無視於我這位凱薩琳警官的存在，專心地看著大衛打字的螢幕。

「我正在打字，不要催我。」大衛沒好氣地說。

艾利克說：「我以為警察局會有ＡＩ語音輸入系統，自動生成偵訊筆錄。」

「今年沒有預算，不然你們律師公會幫忙出一點？」

艾利克笑了出來，我好懷念他的笑容。

「學姐，妳在幹嘛？」凱文湊近。

「我在倒水。那你在幹嘛？」

「我來看妳在幹嘛。」

「神經病！」我快步走遠，不想讓凱文追上，免得他一直問讓我無法回答的問題。

我承認我對賣嬰案沒有興趣，只是想多看艾利克一眼，他看起來過得很好，並沒有我想像的憔悴模樣。唉，我到底在想什麼？難道一個大律師，會因為未婚妻不告而別而終日不寢不食嗎？

不知道這次他會對我氣多久？或者他已經不在乎我了？我試著從他的眼神讀到些什麼，但他根本不用正眼看我。

於是，今晚我又回到轉身酒吧，我的背影寫了「警官，一百萬」。

當我坐到吧檯邊時，傑克小聲地問我：「一百萬？妳是認真的嗎？」

我笑笑：「這是非賣品的意思。寫這麼高就不會有人想來買了！」

「不想變身，那妳來幹嘛？」

傑克好討厭，他明知道我為什麼會在這裡。

「如果艾利克搭訕凱薩琳，妳會生氣嗎？」傑克好奇地問。

我楞了一下。

「他來了嗎？」

「嗯，在那邊。」傑克比著遠方，艾利克正在跟一個女子聊天。

我覺得全身燒了起來，問說：「傑克，這是我平常喝的酒嗎？」

「如假包換。怎麼了？」

「覺得今天的特別苦。」我直覺這又是他的新產品。

「這酒很正常，不要隨便牽拖。」

「真的嗎？」我愈喝愈不是滋味。

「妳打算什麼時候告訴他？」

我知道他說的是什麼事，「再說吧！他現在正忙。」

傑克嘆了一口氣。

「現在已經九十八個人了，妳必須做出決定。」

「知道了啦。」傑克好煩，一直提醒我這件事。

「傑克，為什麼那個男人一直坐在角落哭？」我比著遠方，一個穿著吊帶褲的男人。

「他跟他的老婆交換人生以後，發現他老婆三十年來高潮都是裝的。」

「喔。」我同情地看著那個男人，「變身這件事有時候也滿殘忍的。」

「但他不是為了這樣才哭。」

「那他是為了什麼而哭？」

「他喝完記憶特調之後，發現他的老婆很愛他。」

「這不是廢話嗎？如果不愛他，怎麼會用一個善意的謊言瞞了他三十年？」

我下意識地摸著腳邊，那是艾利克成為蘇菲時去弄的刺青。

那時候他說，身為蘇菲的鏡像，他知道蘇菲一定會因為很愛他，跑去把艾利克三個字刺在自己身上，為了捨不得讓蘇菲疼痛，艾利克決定先幫蘇菲刺青，代替蘇菲承受那樣的痛。

聽到他的話，其實我半信半疑。原來變身還有這種功用喔？為另一個人承受痛苦，那我生小孩之前，一定要先跟艾利克交換人生。

「他也不是因為太感動而哭。」傑克面無表情地說。

「那他到底是為什麼而哭？」

「因為他外遇。他老婆這麼愛他，而他竟然還外遇。」

「會掉眼淚表示他還算有良心。」

傑克搖搖頭說：「他哭不是因為愧對老婆。」

「那是為什麼？」

「他老婆變成他後，和他的外遇對象上床，沒想到變回來之後，他的外遇對象竟然拋棄他，跟他老婆在一起。」

我拍腿大笑說：「變身這種事真是太棒了，還可以讓那些外遇的男人得到報應！所以他老婆愛的是女人？」

傑克又搖搖頭：「不，他的外遇對象是個男人。」

我又笑到肚子痛。就在這時候，艾利克竟然走向吧檯。

「一百萬，妳是認真的嗎？」他問了一樣的問題。

我止住笑，用求救的眼神看向傑克，但他不動聲色地在玩花式調酒，完全沒有要解救我的意思。

我只好轉頭看向艾利克。

艾利克說：「我好像聽到什麼聲音。」

「有嗎？」

「好像是妳的心跳聲？」

我突然臉紅，艾利克怎麼可以這樣。

艾利克說：「我見過妳。」

「不，你認錯人了。」

我嚇了一跳，難道他發現凱薩琳是蘇菲嗎？

艾利克說：「今天白天在警察局，妳的名牌寫著凱薩琳。」

「喔！你就是那個律師？」我故意裝得很吃驚，心裡先是一陣高興，原來他已經注意到我，後來又是一陣醋意，他怎麼可以注意別的女人？

「今天的警察局很熱鬧。」

「嗯，這種幫派械鬥很討厭，人已經很多了，再加上他們請的律師。」我突然覺得酒變順口了。

艾利克說：「我對妳的身分有興趣。」

「你是認真的嗎？早知道就寫一千萬了！」我開玩笑地說。

「妳真是一個貪得無厭的警官。傑克，幫我請這位小姐喝杯酒。」

傑克又倒了我喜歡的威士忌，他總是知道我的喜好，前二杯不加冰塊，第三杯要加一塊半的冰，第四杯加二塊又四分之一的冰，要把冰切一半還不是件容易的事，但傑克總是有辦法。

「你是律師？」我開始發揮蘇菲小偷平常在酒吧搭訕目標對象的功力。

「嗯，商務律師。」

「那怎麼會去辦那個案子？我以為商務律師不做訴訟。」

「喔，妳很熟嘛！有家人是律師？」

「嗯，男朋友是律師。」

「原來是這樣。」艾利克把酒乾了。

「那是我的酒！」上面還有我的唇印，他怎麼可能會喝錯？分明是故意的。

「那這杯算我的。」艾利克毫不在乎地說。

我一直偷瞄傑克，他怎麼能這麼鎮定。

「我出一百萬買妳的人生。」

「你確定，一分鐘一百萬耶！」我開始慌了，傑克不允許有人出爾反爾，標了價又惜售。

「那麼，二十四小時要多少錢？」

「六十分鐘是六千萬，再乘以二十四小時，是八億六千四百萬。」傑克終於說話了。

艾利克突然大笑：「那不行，我沒這麼多錢。」

我聽到這句話，大大地鬆了一口氣。想當初我可是精算過才開這個數字的，這種等級的交易，除非我遇到特斯拉的執行長馬斯克，但他為什麼要花這麼多錢，就為了當一天的女警官？

「我們可以去樓上過一晚嗎？我的意思是，另一種比變身更有趣的交易。」

「你？」

「嗯，妳去找一個便宜的人生，變成另外一個人，這樣就不會對不起妳男朋友了。」

「那你呢？」

「我沒有女朋友。」艾利克毫不在乎地說。

我發現傑克面色開始變緊張，可能是我快把酒杯捏碎的緣故。

「好，很好！不用跟別人換人生了，我們直接上樓吧！其實我根本沒有男朋友，那只是我為了趕蒼蠅的說詞！」我報復式地嗆回去。

但心裡卻在淌血，艾利克怎麼可以這樣？如果沒有變成凱薩琳，我都不知道他是這樣的人。我竟然要跟自己的男朋友外遇！我告訴自己要忍住，千萬不能哭，哭就輸了。

「那麼，凱薩琳小姐的一晚要多少錢呢？」艾利克挑逗地逼近，那感覺好熟悉，我也問過他一樣的問題。

我曾經為那樣的風采傾倒，如果我是真的凱薩琳，也會毫不猶豫地倒進他懷裡。但我是蘇菲，住在凱薩琳身體裡的蘇菲。

我瞪著艾利克。

好啊，跟自己的男朋友外遇上床，竟然突然讓我覺得血脈噴張。

就在此時，我看到那個吊帶褲男起身。在答應和艾利克共度一夜之後，也許我應該跟那個吊帶褲男交換人生？突然想到一個壞主意，我忍不住偷笑。

超完美死者檔案

「學姐，妳的眼睛怎麼這麼腫？」隔天早上上班時，凱文關心地問我。

我說：「沒什麼，昨天一直在想那個案子，所以沒睡好。」

到底變身以後外遇，或是外遇以後變身，或是外遇以後變身然後再外遇，究竟會發生什麼悲劇？

「我覺得有個地方很奇怪。究竟誰會想要買一個命在旦夕的孩子呢？而且，為什麼會有一個診所，同時有這麼多水腦症的嬰兒？」凱文認真地分析，完全沒注意到我已經恍神。

「除非是他故意去收購有問題的嬰兒？」

凱文繼續自言自語：「可是，收購有問題的嬰兒，對他來說有什麼好處？」

傑克說，變身沒有倫理議題……但如果我變成一個男的，和艾利克……

「學姐！」傑克大叫了一聲。

「嚇死人！幹嘛叫那麼大聲啦！」我被凱文嚇了一大跳，回過神。

「快看手機！」凱文說。

我低頭，看到局長突然在我們的群組發訊息。

「你們誰可以支援這個跨國的司法互助案？」

這時候，我看到群組訊息像變形蟲一樣開始無限繁殖。

「我目前正在處理幫派械鬥案。」

「我目前正在處理賣嬰案。」

當凱文正要傳送「我和凱薩琳目前正在處理骷髏戒指案」時，我馬上制止他，自己回覆了群組訊息：「我和凱文可以處理。」

「學姐！連查都不用查的幫派械鬥案都可以拿來推案子了，為什麼我們還要接？」他露出哀求不解的眼神。

「笨死了，這樣才能升官，學著點！」我又敲了他的頭。

但實情是，蘇菲記者想知道更多內幕，最好什麼案子都能讓凱薩琳警官來辦。

「學姐，妳真的從來不休假嗎？」

「我不休假？」

「他們說妳一天有七十二小時，從開始當警官以來從不排特休。」

「可能吧，我喜歡我的工作。」也許我不應該為凱薩琳發言，但我相信她和我有某個共通處。

「偶爾也要有點休閒吧？學姐平常喜歡做什麼？」

凱薩琳平常喜歡做什麼，這件事真是難倒我了，但我知道蘇菲喜歡做什麼。

「看電影。」我覺得這個答案應該很安全，誰不喜歡看電影呢？

凱文喔了一聲，我從他的眼神看出，他對凱薩琳應該有某種感覺，也許不到喜歡，但超乎同事的關心。

從他粗框眼鏡下的眼神，我彷彿看到某個熟悉的人，但我告訴自己，那不是真的。

聊天的同時，我和凱文從雲端硬碟下載了那個標示「Ｙ機密檔案」的司法互助請求，好幾個在美國從事人工智慧研究的台裔工程師突然失蹤，美國警方覺得也許跟台灣有關係，想請我們調查這些人的原生家庭背景資料。

「妳不覺得這世界很奇怪嗎？」凱文問我，「有人死，有人失蹤，有人在賣快要死去的嬰兒。」

「失蹤的人會剛好是死掉的人嗎？」

「不可能啊，那些無頭屍都有家屬指認了。」

「家屬？」

凱文說：「嗯，雖然沒有頭，但現在刑事偵查的ＡＩ很厲害，從死者的身形、穿的衣服、身上的特徵，再比對社群媒體找到的資料，就可以顯示死者生前的足跡、家人的長相，甚至畫出他的家族表。」

「刑事偵查ＡＩ？」我困惑地看著他。

「就是把屍體的照片放進ＡＩ模型分析，ＡＩ就會去比對社群資料，找出那個人曾經去過哪些地方、有哪些朋友、買過什麼東西，再用生成式ＡＩ自動產出關係人詢問名單、家人名單、辦案線索，從這些線索就可以往下查。」換凱文露出困惑的臉，「等等……學姐，妳不是才剛去上過刑事偵查ＡＩ課程嗎？」

「喔！」我心虛地看著凱文，「你知道的，我上課常常在打瞌睡。」

「總之，這件事目前由資訊組執行，之後就會分回局裡。」

「那我們要幹嘛？事情都被ＡＩ做完了！」

凱文拿出他的平板電腦：「這是ＡＩ生成的辦案線索，我們要繼續往下查。」

我看著他的平板電腦，隨便找一個死者的檔案按下去。

「羅賓？」我看到他的社群貼文，有和妻子的合照、結婚週年的放閃貼文、在羅浮宮前金字塔的旅遊照片、對於時事的評論和被別人標註的照片。

我繼續翻著其他死者的檔案：「你不覺得很奇怪嗎？都是著名世界地標。羅浮宮、金字塔、長城……」

凱文看著我：「不然呢？」

「你的社群旅遊貼文都是著名地標嗎？我的意思是，一般人出去玩，可能會跟一隻羊或一面牆照相，而不會全是世界著名地標。」

「而且，都是跟妻子或女朋友的合照，沒有小孩、沒有其他家人……」

我一說完，凱文的表情好像看到愛迪生。我疑惑地問：「我頭上有燈泡嗎？」

「不……學姐說的真是太有道理了！」

「少拍馬屁！去調入出境紀錄，現在不是都有人臉辨識嗎？我要知道他們是幾號出國、幾號回國。」

凱文開心地說：「馬上去辦！」

他像個孩子一樣，似乎一直想得到凱薩琳的肯定。

「你今年幾歲？」

「二十二歲，大學剛畢業。」

「喔……」我心裡想著，差了凱薩琳六歲。

我坐了下來，認真地滑著凱文的平板電腦。該怎麼說呢？這些資料太完整，完整到令人難以置信。難道所有的死者都是社群狂人，沒有任何一個低調重視隱私，像我這種絕不把自己足跡公諸於世的人嗎？

還有那個骷髏戒指，為什麼會有骷髏戒指？不管是社群照片，或是刑事偵查ＡＩ抓到的畢業紀念冊照片、網路照片，沒有任何一張照片有骷髏戒指。

我嘆了一口氣，等凱薩琳放假回來，我就要把身分還給她了，看這情勢，也許蘇菲當警官的第一個案子十年都破不了案。

還有那件讓我心煩的事。

我沒有人可以聊關於變身的事，只能回去找傑克，雖然他什麼都不肯跟我說，但至少他聽得懂。

「傑克，這世界上和你一樣的人很多嗎？」

「會調酒的人很多，但像我這麼帥的，沒幾個。」

我笑了出來。

「我是說，有能力開啟變身之門的人。」

「這個……當然不只我一個。可是我們有不同的場景，像我是火災的，有人是船難，有人是空難，有人是無差別殺人……反正就是大量死亡的場景，都可能有像我們這樣的人。」

「那我非得離開這裡不可嗎？」我拔下頭上的髮夾，無聊地戳著自己的手臂。

「妳當然可以去別的酒吧變身啊，如果收到邀請的話。只是，妳會死於下一個跟當年一樣的鏡像事件，另外一個酒吧無法保護妳，因為場景不一樣。」

「也就是說，本來應該死於火災的人，即使進了一個拯救船難的轉身酒吧，還是會死於下一個類似火災場景的鏡像事件？」

「對，所以妳必須跟著我走，我才能在這個鏡像空間保護妳，還有讓妳繼續維持在二十五歲。」

我生氣地咬住那根髮夾，像叼住牙籤一樣，「那你幹嘛非走不可？留下來不是很好嗎？那些被你邀請來變身的人要是有一天回酒吧，發現鏡像空間一夜消失，他們不會很失望嗎？」

「那他們就會相信自己只是做了一場夢。收滿一百個就要離開，這是變身的規則，不然很容易被發現。現在已經有幽靈船的傳說了，還好我發了幾篇討論文，把它變成鬼故事。」傑克得意地說。

我氣惱地抱起臉，哪來這麼多變身規則。

「那變身的規則裡，怎麼處理那種糾紛，譬如一個人變成另外一個人，跟自己好朋友的老公上床之類的。」

「轉身酒吧本來就沒有倫理議題啊，要討論那種問題，就別走進這裡。」

「所以變成另外一個人，要做什麼都可以嗎？」

「妳有那樣的困擾嗎？」

「凱薩琳有一個工作搭檔。」

「喔！凱文。」

「你也認識他？」

「無可奉告。」

「該不會他也進過轉身酒吧？」我興奮地看著傑克。

「妳剛剛本來要說什麼？」傑克故意轉移話題。

「凱文。我們剛剛講到他是凱薩琳的工作搭檔。」

「喔，妳喜歡他？」

「不，是他喜歡凱薩琳。」

「妳確定凱薩琳不喜歡他？」

傑克的問題讓我愣了一下，如果把「凱薩琳」直接置換成「蘇菲」呢？

「我怎麼知道，我又不是凱薩琳。」

傑克拿出一面鏡子給我，我馬上笑著推開。

「少無聊了，我知道變身是怎麼回事。我是說，我又不是真的凱薩琳。」

「那妳怎麼知道他是真的凱文？」

我突然睜大眼睛：「這什麼意思？」

「我的意思是，每個人都可能是另外一個人，或許妳有感覺，是因為他長得像某個人。」

「天啊，你的轉身酒吧把這個世界變得很亂，害我們都必須疑神疑鬼地過生活。」

傑克聳聳肩：「我又沒拿把刀架在妳的脖子上，叫妳非變身不可，妳也可以像安妮那樣。」傑克比著舞池裡面跳舞的男女。

安妮本來只是一個平凡的家庭主婦，直到有一天去西餐廳吃飯，認識了羅傑，他是個中年失業，到西餐廳打工的侍者。

之後安妮每天都到西餐廳吃飯，只點了一杯茶，她是如此省吃儉用的家庭主婦，點餐廳低消的金額已經是她能滿足心中愛情嚮往的極限。他們沒有踰距的行為，也沒有私下約會，每次安妮到西餐廳的時候，羅傑會用角落邊的鋼琴彈一首曲子，並給安妮一份甜點。

為了降低安妮的罪惡感，他總是告訴安妮那是公司招待的，但其實是從他的薪水裡扣。發生那場火災，讓安妮和羅傑可以永遠在一起，不必受到婚姻的束縛，不必再掙扎生活的一切。

我想到我也是和另一個人一起到了那家西餐廳，但他再也沒有從那裡走出來。

「為什麼你那時候不連文森也一起救呢？」我每次想起這件事，就忍不住想怪傑克。

「必須還剩下一口氣啊！真的死了我也無能為力。」

如果是這樣就好了，我和文森就會像安妮和羅傑一樣，而我也不會遇到艾利克。

如果我離開了，艾利克會很孤單，還是很快就忘了蘇菲？

「那如果凱文真的做出什麼親密舉動，你覺得我該怎麼回應？」

「就像昨天的艾利克一樣啊！」

「說到艾利克，我覺得他真的很可惡！」我生氣地說。

「妳是說昨晚他放妳鴿子那件事嗎？」

「當然不只！」還包括他怎麼可以搭訕凱薩琳，又約她去開房間。可是這種小氣的心思，我要怎麼在傑克面前大方地承認。

「如果昨晚你們真的發生什麼事，會比較好嗎？」傑克問了一個很關鍵的問題。

我拍桌站起來，說：「你知道重點不是結果，是他為什麼會有那個念頭！」

傑克停住倒酒的動作。

「不是妳先不告而別的嗎？」

「我有告訴他我要去希臘度假啊！」

「很好，妳有『告訴』他。」

我聽出他的意思，「我們一向都是這樣，他做事也不會經過我的同意。」

「但我以為，妳既然答應他的求婚，這件事就會有所改變。」

「應該要有所改變嗎？反正剩下來的日子也不多了……」

他嘆了一口氣說：「他今天沒有來，如果妳是想來等他的話。」

「我才不是！」我生氣地說。

「那麼，妳能告訴我，有誰會花一百萬買妳一分鐘的人生？」

「可能不是他跟我買，也許是我跟他買。」

「如果是這樣的話，也許妳對那個人會有興趣。」傑克比著前方的一個中年婦女。

「為什麼？」

「無可奉告。」傑克還是那句話，「但我覺得妳應該做點什麼，去變換一下妳的身分。」

「就像上次你叫我用生成式ＡＩ寫一百篇文章，以李夫人的名義去投稿，ＡＩ就以為我是作家李夫人一樣嗎？」

「嗯，我們的ＡＩ的確不怎麼聰明。」

「那我現在應該怎麼做？」我問酒吧的主人要怎麼對酒吧的ＡＩ作弊，真是很不上道。

「我怎麼知道？我只知道，任何人看到警官應該都會閃得遠遠的。」傑克說完這句話以後，就不再理我了。

家事服務員

「家事服務員，一分鐘〇・一元？」走近那個中年婦女時，我無法相信自己的眼睛。

「妳好，我是家事服務員珊蒂。」那女人遞了一張名片給我。

「妳的價錢是真的嗎？〇．一元？」

「嗯，如果能換一輩子那真是太好了，我討厭自己的人生。」

我也想不出為什麼有人會想跟家事服務員交換人生。

珊蒂說：「妳現在心裡應該是想誰會想當一個家事服務員？對吧？」

「我才沒有這樣想。」

「無所謂，我只是想告訴妳，這工作也有它迷人的地方。」

「像是什麼？」

「像進到一個有錢人的家裡，然後殺了他。」

我以為自己聽錯了。

「別誤會，我沒有真的這麼做，就是這樣才覺得困擾，我的第一個委託案就讓人下不了手。但我們公司的其他服務員幹過這件事，簡單來說，我們的工作就是殺人，可是不用見血。」

「這怎麼可能？殺了人卻不見血？」

珊蒂問我：「妳有討厭的人嗎？」

「當然有。」我毫不考慮地回答。

「妳想殺了他嗎？」

這還用問嗎？沒有一刻不想。

「像妳這種常幹偷竊勾當的人，應該有很多仇人吧？譬如警官之類的。」

「不，我討厭的人是個律師。」我毫不思索地說。

還好傑克叫我變換身分。

天知道我剛剛偷了多少人的撲克牌，改放一張寫著亞森羅蘋的小紙條在這些人的口袋，好不容易才被酒吧ＡＩ判讀成神偷亞森羅蘋。

「我常常做夢，夢到我殺了那個律師。」

珊蒂瞪大了眼睛。

「有了我們的服務，殺人不再只是一個夢。如果加入我們公司成為服務員，每年的年終獎金就是可以選擇殺死一個人。」

「喔……所以，我們應該怎麼開始呢？」

「首先，妳願意跟我換身分嗎？」珊蒂用哀求的眼神看著我。

「其他誰都可以，但我真的無法殺了『那個人』。妳別誤會，事情沒有這麼複雜，妳不需要拿刀砍誰或在屋裡燒碳，只需要把這個骷髏戒指放進他口袋就可以了。」珊蒂神祕地左右張望之後，把一個戒指放到我手上。

真是得來全不費功夫。

「就這麼簡單？」我好奇地問。

「就這麼簡單。妳只要把戒指放進他的口袋裡，他就會死，妳的工作就完成了，然後我們就把身分換回來。」

「只要把戒指放到那個人的口袋，我的工作就結束了？」

「沒錯，把戒指放到那個人的口袋，傳照片到我手機裡這個App，我們的身分就可以換回來，接下來的事都與妳無關了。」

我深吸一口氣：「那麼，妳想要我殺了誰呢？」

當珊蒂把那個人的照片給我看時，我幾乎要昏厥。

「他訂購了你們的家事服務？」

「嗯，但因為某個原因，我無法親手做那件事，只能來轉身酒吧請別人幫忙。」

我毫不考慮地收下骷髏戒指，「妳真是找對人了，我正想金盆洗手不要當小偷了。我們交換身分一個禮拜，這個禮拜妳什麼事都不用做。」

珊蒂露出被救贖的眼神：「妳是說真的嗎？」

「這是墾丁飯店的住宿券，妳可以去環島遊行，這個券沒有使用期限。」

珊蒂接過住宿券，那是飯店公關送給記者的套票。

「這是家事服務的制服。」珊蒂遞給我一個紙袋，「我平常睡在車上，如果妳很堅持要過珊蒂的生活，這是鑰匙……」

「不不不，除了身體之外，其他的妳自己留著好好享用。」我客氣地回絕。

我們兩個交換了撲克牌。

接著，我先用凱薩琳的手機傳訊息到內部群組：「抱歉，家裡出了點事，我必須請假一個禮拜。」

我馬上收到凱文的私訊：「學姐，妳不會是認真的吧？就在妳認領了那個司法互助案之後？」

「相信我，一個禮拜以後，你的工作就少了一半，給我一個禮拜的時間！」我很有信心地告訴凱文。

「家裡還好嗎？有沒有需要幫忙的地方？」

「沒事，謝謝詢問。」

「所以，妳最近應該也沒空去看電影了？」

我愣了一下，回說：「你該不會買好電影票了吧？」

「沒關係，我可以找別人去看。」

「你真的買了？」

凱文沒有再回話，只是傳了一個哭哭的貼圖，我的心竟揪了一下。

接著，我和珊蒂交換了手機，進了女生廁所，但她遲遲沒有出來，也許她真的想上廁所？

「我先走囉！」我對著某間廁所說。

她沒回話，只是用手指敲敲門，我便離開了酒吧。

關掉手機，那天晚上我夜不成眠。到底是誰想殺了艾利克呢？此時我腦海中竟突然跳出凱文的身影。天啊，我到底在想什麼，為什麼艾利克和凱文會同時出現？我該不會對凱文有什麼想法吧？就算有，那應該也是凱薩琳而不是蘇菲。我起床吞了一顆從艾利克抽屜偷來的安眠藥，回到被窩裡。

我看到艾利克正在開車，有人拿著一把槍，對著他的太陽穴射擊，血噴得四處都是，他倒在我懷裡，我拼命叫著他……我大聲尖叫，從睡夢中驚醒，發現自己差點睡過頭，今天是當家事服務員的第一日，我趕緊打開那個珊蒂給我的紙袋。

天啊，XXL號的女僕裝。我照了照鏡子，便決定把家裡的鏡子全部用黑紙蓋住，至少在變回蘇菲之前我都不想再看到自己。於是我穿上女僕裝，衝到艾利克家門口，本來要伸手用指紋打開大門，後來才想起，我現在是珊蒂，於是我伸手按了艾利克家的門鈴。

「你好，我是你的鐘點家事服務員珊蒂，請問有什麼可以為您服務的地方嗎？」我恭敬地向他鞠躬。

艾利克一臉驚嚇地看著我。

他輕咳了一聲：「妳也看到了，我真的很需要幫忙。」艾利克讓我進門，但我的腳塞不進他的訪客拖鞋。

當我再往前走一步，差點以為自己走錯地方。屋子內真是亂到慘不忍睹。桌上空的啤酒瓶，堆積如山的衣服，滿地的垃圾。這不是艾利克的作風，他一向一絲不苟，難道是因為我的不告而別，讓他傷心過度成這副德性？

我心口不一地說：「沒問題，一切交給我。」天知道我有多討厭收拾東西。

「那就麻煩你了，我正要出門上班，妳離開的時候把門帶上就好。」艾利克說完便走出門。

艾利克又回頭：「妳有什麼問題要問我嗎？」

「問題？」我會有什麼問題？「目前沒有，艾利克先生。」我中規中矩地欠身鞠躬。

艾利克終於關上門，我吐了一口大氣，家裡只剩下我一個人，雖然討厭收東西，但這點小事怎麼難得倒我？於是我駕輕就熟地從廚房裡拿出最大號的垃圾袋，把東西丟進垃圾桶，衣服掛好，拿起包好的垃圾正要走出門口，因為垃圾集中暫存區在B2。

聰明的我馬上想到，即使我知道電子鎖的管理者密碼，我也不能出門去倒垃圾，雖然出去後可以再進來，但艾利克的手機會收到通知訊息，如果他知道我有辦法二次進門，一定會懷疑我的身分。

於是我把垃圾放在門口，等要離開時再順手去倒就好，我真是佩服自己與生俱來的細心和機智。

接下來就是有趣的地方了，首先，我想知道到底是誰想殺了艾利克。再來，我上次竟然忘了問珊蒂，她為什麼無法親手殺了艾利克，她和艾利克之間有什麼關係？還好她是個其貌不揚的中年婦女，我直覺不會是外遇這種事，也許艾利克曾經幫過她？畢竟他是個律師。

然後，我還必須把戒指放進艾利克的口袋。這不會很難，我知道艾利克穿衣服的習慣，他只有兩套西裝輪流穿，如果今天出門是穿那套，那明天肯定就是穿我手上這套。

雖然我真的很恨他，還想殺了他，就像他想把我放進絞肉機一樣。實情是，我才捨不得這麼做。看著手上的戒指，我掙扎地想著，如果我不把戒指放進他明天要穿的西裝褲口袋，我就不會知道關於骷髏戒指的真相，但如果我放進去，萬一他真的被殺怎麼辦？我想到那些無頭慘案。

於是我想到一個辦法。還好我在把手機交給珊蒂之前，記得把凱文的電話抄下來。我的計畫是，明天只要艾利克一出門，凱文就會帶著一隊人馬埋伏在後，保護艾利克的安全，等到兇手一出現，我們就把他逮個正著。

眼見案子出現曙光，我突然感到振奮，但心裡又閃過一絲擔憂，萬一凱文他們辦事不力怎麼辦？但現在我只能仰賴他了。

反正都來了，就把家事服務好好地完成吧，我不但整理了亂到不行的客廳，洗了堆滿流理台的髒碗，還幫艾利克整理了書桌，搞得好像我已經是他的新婚妻子。

就在我幫他整理書桌的時候，我看到抽屜裡有一個包得很漂亮的禮盒，上面寫著「給蘇菲」，還有一張小卡片。這是什麼時候準備的？雖然此刻我是珊蒂，還是忍不住打開了給蘇菲的禮盒，裡面是一對戒指。

我突然紅了眼眶。卡片沒有封起來，我無法抑制自己不去偷看。

「蘇菲，我會一直在這裡等妳回來，不管這次妳變成誰，不管是二個禮拜、一個月還是十年，我想和妳重新開始，讓我們忘掉過去，遠離變身。艾利克。」

原來艾利克準備了這個東西，我跟他說過，我們之間不需要那些繁文褥節，我甚至不需要結婚鑽戒，他那時也沒說什麼。看這文字，卡片是在我不告而別之後寫的吧？那時他不接我電話，不回我訊息，可能是氣消了之後才覺得後悔。

其實我也覺得後悔，但一對不斷變身而枉顧倫理的夫妻，真的有可能百年好合嗎？也許當時我不告而別的，並不是一個男人，而是我對人生的選擇。

更何況，我還沒告訴他那件事：再收兩個人，傑克就會離開這個地方，到下一個點開業。我把盒子重新包好放回抽屜。這是什麼？我看到抽屜裡，就在原來放戒指禮盒的後面，有三張墾丁飯店的住宿券。

那不是我給珊蒂的記者公關券嗎？怎麼會在艾利克的抽屜裡？莫非他早就認識珊蒂？我突然想起我和珊蒂交換人生的那天，我們一起進了廁所，但她遲遲不出來。而且，當我跟她說話的時候，她沒有回話，只是用手指敲敲門。

難道因為某個原因，她不能讓我聽到她的聲音？

第五章 蘇菲——消失的被害者（中）

與艾利克訣別

「這些衣服請幫我送洗。」

「是的，艾利克先生，這是您今天要穿的襯衫，褲子也重新燙過了。」我恭敬地把衣服拿給他。

「謝謝。抱歉，我忘了妳叫什麼名字。」

「珊蒂，我叫珊蒂。」

「謝謝妳，珊蒂。」艾利克伸出手來，接過襯衫和褲子。

當我把褲子拿給他的時候，雙手在顫抖，有那麼一刻，我突然不想他穿上那件褲子。最後，我們兩個幾乎是用搶的，他要拿走那件褲子，我死不放手。

後來他還是成功搶走了。

「艾利克先生……」我吞吞吐吐地說，「我有件事想跟你說。」

不知道為什麼，我開始覺得後悔，也許我不應該把骷髏戒指放進他口袋。

「抱歉，我上班快遲到了，明天再說可以嗎？」

我看著艾利克對著鏡子調整領帶，好想衝過去擁抱他，他可以從鏡子裡看到我，我也可以從鏡子裡看到他。也許我應該告訴他我看到那盒戒指了，會不會我永遠都沒有機會告訴他？

「我能幫忙嗎？」我看到艾利克重複打了好幾次領帶，好像怎麼打都無法滿意。

我走近，和艾利克只隔著一個拳頭的距離。珊蒂姿色不差，但沒有好好保養身材，屁股和大腿累積了許多贅肉，手臂粗壯，胸部特別豐滿，幾乎要頂到艾利克的肚子。像百貨公司裡幫忙試穿鞋子的小姐，或是男裝部的服務員，即使那樣的女人幫你扣釦子，或幫你穿鞋，也不會讓人有任何幻想。

「妳化了粧。」當我伸手幫艾利克調整領帶時，他這麼說。

他發現了。

「是的，艾利克先生。」

「很好看，妳應該多化粧。」

不知道是因為身為珊蒂，還是作為蘇菲的靈魂，讓我覺得害羞。

艾利克問我：「為什麼手在發抖？」

此時我竟沒有勇氣告訴他，我在他的口袋裡放了一只骷髏戒指。

「沒什麼，只是覺得有點緊張。」

「不用緊張，妳做得很好，謝謝妳。」

艾利克像往常一樣穿上西裝，噴了香水，我覺得連珊蒂的頭髮都沾滿了他的木質香，我們兩個同在一個小小的房間，我卻開始有一種可能會失去他的恐慌。

「艾利克先生，請問您一定要去上班嗎？」

艾利克回頭問：「怎麼了嗎？」

「那個……您的車子需要打掃嗎？」

「啊？」

「家事服務中有一項，是幫顧客打掃車子。」

「不用了，我的車子才剛整理過。」艾利克轉頭走出門，我追了上去。

「這是免費的！我是說，我可以先幫您打掃車子，然後再回來打掃房子。」

「可是我上班快來不及了。」

「不然……」我正想著該用什麼藉口留在他身邊。

「不然，妳跟我去上班吧！利用上班的車程打掃車子，我再付妳回來的車資。」艾利克才說完，我便露出喜出望外的眼神。

「可是，我到時候要怎麼進來？」

「喔，這真是個好問題。」艾利克拿起手機。「珊蒂小姐的生日是幾號呢？」

「啊？」

「一般人設密碼，都喜歡用生日對吧？」

「這個……」我怎麼會知道珊蒂的生日？

「不然，就設今天的日期吧，我幫妳設好一組臨時密碼，妳今天可以用這個密碼進出大門。」艾利克快速設定完，便收起手機。

我跟著他出門，隨手拿了門邊那台小的吸塵器。

其實我只想留在他身邊保護他，我不知道骷髏戒指要怎麼殺了一個人，也許是讓他的車剎車失靈，也許是在他車上放炸彈？我又想到昨天那個惡夢。

實情是，我無法看著他在我面前消失，在無限變身的過程中，有時候我會相信某一次是我們最後一次見面，而我們都不知道那其實是最後一面，所以我們還在吵架，甚至只想占對方便宜。可是事後想起來，那會是一件讓人痛苦懊悔的事，以為之後還有很多次見面的機會，有很多該說的話來不及說，也許是一句發自內心的道歉，或僅僅是一句我愛你。

我和艾利克在電梯裡，他看著我，我看著他，我們就隔著一層薄薄的氧氣。我好想衝過去擁抱他，但我忍住了。但我怎麼覺得，他往前站了一步，他的唇愈靠愈近，愈靠愈近……就在我閉上眼，以為他要吻我的時候，電梯門竟然開了。

一定是我的幻覺，珊蒂可是穿著ＸＸＬ號的女僕裝，他怎麼會為了珊蒂做出對不起蘇菲的事。

跟著艾利克下到停車場，我緊張地繞了車子一圈，確保沒有人把輪胎刺破，車子底下也沒有爆裂物。

「珊蒂小姐，妳在做什麼？」艾利克看著從車底爬出來的我。

「抱歉，這是例行的檢查。好了，我們可以上車了。」我很自然地開了副駕駛座的門。

艾利克說：「那裡已經很久沒人坐了，應該不會很髒。」

「喔。」我識相地坐到後座，仔細地檢查車子裡沒有監聽設備或炸彈之類的東西，因此我打開每個可以掀開的置物盒。

「珊蒂小姐……」艾利克困惑地看著我。

我理直氣壯地看著他：「這通常是最容易被忽略的角落！一般汽車美容都不會把蓋子掀開，確實地清潔！」他看到置物盒裡的灰塵，好像被我說服了。

我給了凱文珊蒂的手機號碼，凱文傳了訊息過來，他們已經在停車場門口待命，艾利克發動車子，我們出了停車場地下室。我在他面前打開吸塵器，一陣轟轟的聲音，讓我們兩個都安靜了，接下來他聽不到我說話，我也聽不到他說話。

當我們的車離開停車場時，我緊張地回頭看，後面兩台車跟了上來，我知道裡面坐著凱文和其他的警員，覺得放心不少，告訴自己一定不會有事，我們不但可以抓到兇手，艾利克也會毫髮無傷。

我從後視鏡裡看到艾利克的臉，他也看著我，然後我看向窗外，觀察有沒有異常的動靜，特別是那些騎車經過的人們，氣氛肅殺，轟轟的聲音持續運轉著，艾利克卻好整以暇地哼著歌。

「珊蒂小姐……」艾利克大聲說話，我不得不關掉吸塵器。

「艾利克先生，請問有什麼事？」

「妳能不要一直開著那個吸塵器？這樣我無法專心思考。」

「艾利克先生，您不是在開車嗎？」

「雖然有自動駕駛，我還是要看一下路，還有，我會利用路程時間思考等一下要處理的工作，妳的機器讓我很難專心。」

「喔。」我關掉吸塵器，果然安靜很多。

就在此時，自動駕駛突然一個急煞車，我的頭撞到前座。我想到昨天的惡夢，馬上想到殺手可能會做的事：騎車衝過來，對著艾利近距離射擊，一槍斃命！於是我毫不猶豫地抱住艾利克的頭，死命護著他。

「小心！」

「喂！放開我！這樣我看不到路！」艾利克大叫。

「不是有自動駕駛嗎？」我也大叫。

此時車子突然一個急轉彎，我們兩個都被摔到另外一邊，等回過神，我發現他試圖把車停到路邊，接著又碰了一聲，車子再度劇烈晃動。

「妳在幹嘛？」艾利克大叫。

我鬆開他的頭，看到凱文一臉無奈地來敲艾利克的車窗。

「先生，抱歉，我好像撞到你的車，但你不應該緊急煞車。」

「那是自動駕駛，我什麼事都沒做！」

艾利克辯駁，我看到凱文生氣的臉，再回頭看到追撞的兩台車，終於了解發生了什麼事。

凱文說：「雖然有自動駕駛，你還是應該要隨時把手放在方向盤上！」

「我一直有這麼做，但這位女士突然衝過來抱住我的頭！」艾利克理直氣壯地說。

接著，凱文看向我，所有人都看向我，我一臉尷尬。

還好此時我既不是凱薩琳，也不是蘇菲。

莫名其妙的車禍

「珊蒂小姐，妳說妳突然抱住艾利克先生的頭，導致他為了掙扎而放開方向盤，而艾利克先生來不及反應就發生車禍，是這樣嗎？」

「沒錯。」

「但妳為什麼要抱住艾利克先生的頭？」

「因為我昨天做了一場惡夢！」

一個交通女警在平板電腦上做筆錄。

「妳夢到什麼？」

「我夢到艾利克先生的頭部被射擊。」我一邊說，一邊看著生氣的艾利克，他顯然忙碌地打電話把所有會議延後，因為我們兩個此刻被困在高速公路的路肩。

女警一副「這藉口好爛」的表情看著我，嘆了一口氣。

我回頭看到凱文和其他警察下車透氣，我想便衣刑警的車發生車禍，應該是屬一屬二尷尬的事吧。但我不能鬆懈，即使附近都是警車，最危險的地方也許是最安全的地方，說不定那個女警是殺手！好在她沒有對著艾利克射擊，而是把平板電腦轉過來，叫我在上面按指紋。

女警說：「好了，你們可以離開了，接下來的事保險公司會處理。」

此時，我看到珊蒂手機傳來凱文的訊息。「妳的資訊沒有錯誤嗎？直到現在，我還看不出來有人想殺了艾利克，只看到一個笨蛋女僕，害我們全部被卡在高速公路上！倒是那個艾利克，他真會利用時間玩女人，玩到發生車禍！」

我低頭看了一下自己的女僕裝。

此刻我好想對著在一公尺後方的凱文大喊：「我才不是那種女僕！」事實才不是他想的那樣：艾利克啟動自動駕駛，和女僕在車上「玩遊戲」。但我忍住了，今天還沒結束，即使這是一場鬧劇，我還是必須提高警覺。

「我的訊息沒有錯誤，艾利克的褲子口袋真的有一個骷髏戒指！」我怒氣沖沖地回凱文訊息。

過了二分鐘，女警突然折回頭，對著正要把車開走的艾利克說：「先生，方便搜個身嗎？」

「怎麼了嗎？」艾利克看起來很驚恐。

「沒什麼，我們的機器感應到你身上有危險物品。」

我趕緊傳訊息給凱文：「你這個笨蛋！我們好不容易走到這步，絕對不能打草驚蛇！這樣我們就找不出兇手了！」

「我什麼都沒做啊！」凱文傳給我，還附上無辜的表情貼圖。

我抬頭看著那個女警。所以不是凱文叫她來搜身的？

「這裡。這是什麼？」女警從艾利克的口袋拿出一個骷髏戒指。

艾利克露出害怕的表情：「這是……新聞說的骷髏戒指？」

「它一直發出很強的定位訊號，像AirTag一樣。」

「定位訊號？」我大叫出聲，艾利克和女警都看向我。

我突然懂了，原來骷髏戒指是一個定位器！殺手就是用這個方法找到下一個要殺的目標！那為什麼鑑識小組沒有發現呢？他們應該也有像女警一樣的偵測機器才對啊！

我開心地把訊息傳給凱文：「行動取消！我找到關鍵線索了！」

太好了，我不必讓殺手出現，也不用讓艾利克陷入生命危險，就有機會破這個大案子。

「我需要沒收這個戒指，它和最近的兇殺案有關。」女警煞有其事地呼叫支援，我想接下來凱文馬上會揭露自己的身分。

「請便，這不是我的東西。」

女警說：「重案組會派一個員警保護你的安全，因為你可能已經被鎖定了。」

艾利克沒有說話，我想他現在一定很害怕。

女警說：「我們需要你到局裡做個筆錄，我的同事等一下會來接手。」

此時，我知道自己下一刻該做什麼，我已經完成了我的工作，也把照片上傳到珊蒂的App，現在，我需要趕快叫一台計程車，離開這個鬼地方，然後到轉身酒吧換回凱薩琳的身分。沒錯，我要親自保護艾利克！

要等到轉身酒吧開門，真是一件度秒如年的事，傑克為什麼不開一間二十四小時營業的酒吧呢？當我再回到轉身酒吧，傑克直接把凱薩琳的撲克牌還給我。

傑克說：「有個叫珊蒂的人叫我把這個給妳，妳去廁所把舊的身分沖掉，就會變回凱薩琳了。」

「她人呢？我還有好多問題要問她！」

「她說沒有再見面的必要。她的撲克牌妳交給我就可以了，就像妳之前偷走別人的人生一樣，我會當你們之間的平台。」傑克神祕地說。

「再多透露一點嘛！珊蒂到底是誰？」

「一個家事服務員。」

「這我當然知道啊！我的意思是，她認識艾利克嗎？」

「無可奉告。」

「但我在艾利克的抽屜裡，看到我給珊蒂的住宿券。」

傑克突然手一滑，杯子便摔到地上。

「所以她認識艾利克？因為這樣，她才無法親手殺了艾利克？」

我覺得自己離真相愈來愈近。

「妳說呢？」

「你只要告訴我，珊蒂是不是認識艾利克就好，拜託嘛！」我竟開始對傑克撒嬌。

「認識。」傑克面無表情地說。

我拍桌說：「我就知道！」我突然瞪大眼睛，「該不會，珊蒂是賈斯汀？」

傑克像是看到龐貝人看到火山岩漿那樣，驚恐地看著我。

我理智地分析：「我和珊蒂交換身分那天，她一直躲在廁所不敢出來，也不敢跟我說話，那唯一的可能，就是我會認出她的聲音！」

「妳不要再亂猜了。」傑克繼續面無表情地洗杯子。

「所以，珊蒂一定是我認識的人！不，應該說，她已經先跟一個我認識的人交換身分！」我很有自信地說。

「說不定是英格莉？」傑克小聲地說。

「她才不敢騙我！」

「那……凱文呢？」

「凱文？你有邀凱文進來轉身酒吧？」換我瞪大眼睛，「喔！難怪你上次會問我怎麼確定凱文就是凱文本人，所以凱文也變身了？」

「無可奉告。」傑克又轉身整理酒櫃，不再理我。

一換回凱薩琳身分，我抓緊時間馬上衝回警局，我知道凱文他們應該還沒下班。

「學姐，妳終於回來了！」凱文看到我像看到救星。

「凱文，你是不是有去轉身酒吧？」我著急地問。

「轉身酒吧？」他露出疑惑的表情。

我突然恍然大悟說：「其實你不是凱文？」我把他的身體轉來轉去，仔細地看了一遍。

「我當然是凱文啊！」

我想了一下：「那你告訴我，我喜歡做什麼事？」

凱文毫不考慮地說：「看電影！」

「上次你緊急煞車被我罵，你是不是說你不是開BMW？」

凱文想了一下：「不是，我說我不是開特斯拉。」

「那……我們兩個差了幾歲？」

「六歲！但我覺得那不是問題。」凱文講完就臉紅了。

我突然感到一陣尷尬：「所以你真的是凱文？」

「學姐妳怎麼了？是不是最近太累了？」他用同情的眼神看著我。

我抱著頭，覺得好丟臉，這次竟然猜錯了。

我趕緊轉移話題：「那個……骷髏戒指，你們查得怎麼樣了？」

凱文露出狐疑的表情問：「學姐，妳怎麼會知道我們找到骷髏戒指？」

我愣了一下，還好我反應很快，隨即回說：「喔，我已經跟你說艾利克口袋裡有一個戒指，接著又看到群組裡組長在問，誰願意接下保護艾利克律師的工作，所以，我就猜你們一定找到了戒指，沒錯吧？」

凱文又露出崇拜的表情，說：「學姐妳真是太厲害了！交警的車上有危險物品偵測器，偵測到那個戒指發出定位訊號就去搜身，沒想到意外發現骷髏戒指！」

「你說它有定位功能？那為什麼鑑識人員沒有發現？」

「喔，因為交通警察才有那樣的偵測器。」

「能偵測出像AirTag一樣，會自動發出定位訊號的物品？」

凱文解釋：「嗯，為了方便尋找肉票或是贓物。」

「那證物室的那些骷髏戒指呢？」

「後來我們清查了所有的骷髏戒指，果然這些戒指都有定位功能！」凱文振奮地說。

事情愈來愈清楚了，有一個家事服務公司，會叫他們的家事服務員把骷髏戒指放入顧客的口袋，而珊蒂因為認識艾利克，無法親自下手，才會跟我交換人生。那究竟是誰委託了家事服務公司要殺艾利克呢？

「到底是誰想殺了艾利克律師……」我對著凱文喃喃自語。

「學姐，這就是妳自願要當他貼身保鑣的原因嗎？妳想找出殺他的委託人？」

「你知道的，我不管看到什麼新任務，都是第一個報名。」我心虛地說。

凱文嘆了口氣說：「唉，那不就表示，我還是要一個人辦兩個案子？」

「你是怕寂寞吧？」我推了一下他的肩膀。

「學姐，那妳最近會有空看電影嗎？」他充滿期待地看著我。

我為難地看著他：「你又買好票了喔？」

這小男生推高他的黑框眼鏡，靦腆地點點頭。

貼身保鑣

「艾利克律師，我們又見面了。」我看著艾利克，他上次可是放了凱薩琳鴿子。

「真是冤家路窄。但妳應該會保持應有的專業吧？我的意思是，我應該不用要求換人？」

艾利克講話毒舌到令人討厭。

「你是擔心我會用這個機會報復你，在你頭上綁一個蝴蝶結，打包送給想殺你的人？」

「我不知道誰想殺了我。」

「你平常做人很好嗎？」

「不，恰恰相反。我的仇人太多，以致於我不知道誰最恨我。」

「你真的想不到嗎？工作上、生活上……有沒有對造當事人，或是哪個嫉妒你的同事？」

「喔，妳這麼問，我倒是想起有一個人可能會這麼做。」

「是誰？」我認真地滑開平板電腦做筆記。

艾利克說：「有個女記者叫蘇菲，她應該很恨我。」

我一聽到蘇菲兩個字就翻白眼。

「除此之外呢？」

「妳都不問一下蘇菲是什麼人嗎？」

我按捺住脾氣。

「嗯，那蘇菲是什麼人呢？」

「她是我的未婚妻。」

「那她為什麼會想殺了你？」

「因為我每次都比她厲害。」艾利克驕傲地把腳翹起，放在斜對角的沙發上。

我握緊拳頭，提醒自己不能生氣，因為我現在是凱薩琳。

「我現在知道她為什麼會討厭你了，因為你講話真的很討人厭。」

「因為我放妳鴿子嗎？」

那次我好不容易跟吊帶褲男交換人生，以為這次可以好好地整他，在樓上的旅舍等了一整夜，艾利克卻始終沒有出現。

「因為你自大、狂妄、目中無人、自我感覺良好……」我想不出更貼切的詞來形容艾利克有多討人厭。

「但她愛我愛得要死，無可救藥地愛我。」艾利克得意地說。

我需要有個人把我的雙手綁起來，以免我不小心掐死他。

「所以，你懷疑是她把骷髏戒指放在你口袋裡？」

艾利克聳聳肩：「也許她委託了一間家事服務公司，誰知道。」

我心頭震了一下，所以艾利克知道是珊蒂把戒指放進去的？

「家事服務公司？」

「嗯，我最近太忙了，沒有空整理家裡，所以訂購了家事服務，來了一個奇怪的服務員。」

我愣了一下：「喔，哪裡奇怪？」

「首先，她一進門就知道進廚房打開壁櫥找垃圾袋。接著，她開始幫我整理東西，竟然知道東西原來放哪裡，最後，她竟然知道我們大樓的垃圾貯藏室在B2。」

我急著為「自己」辯解：「她可能是問了管理員！還有，每個家裡的垃圾袋都放廚房，至於東西放哪裡，那也許只是她很會猜，這不能證明什麼！」我突然想到什麼：「等等……你在自己家裡裝了攝影機？」

「喔，妳知道的，有些人手腳不乾淨，總是要預防一下。」艾利克挑了挑眉。

「而且她還想挑逗我，走進我房間，還化了粧，最後用各種不同的理由，吵著要跟我去上班！」

我在挑逗他？天知道我那時候只是怕他被殺死！

「就算是這樣，那跟她想殺了你有什麼關係？」

「我有充份的理由相信，她跟蘇菲是一夥的。一定是蘇菲告訴她這些事，也許那個服務員本來想殺了我，因為她還用身體悶住我的頭，想讓我窒息……」我幾乎要抓狂，我捨身保護他，竟然說我想讓他窒息，有沒有搞錯？

「要不是我機智，製造了一場車禍，也許我早死了。」艾利克輕鬆地說。

「你『製造』了一場車禍？」

「依照目前的自駕車法規，即使車子可以全自動駕駛，駕駛的手還是必須放在方向盤上，否則自動駕駛功能會被自動關閉，所以我就把手放開，因為我的眼睛被她遮住看不到前方，我一個急轉彎，車子就打滑橫在路中央……」

他是故意的？這可惡的艾利克。

但他卻因此救了自己，雖然蘇菲沒有要殺他，珊蒂也沒有，但某個人想殺了他，還好他製造了一場車禍。

艾利克說：「而且，最奇怪的是，珊蒂自從車禍後，就人間蒸發了。」

這不是廢話嗎？因為珊蒂已經完成了她的任務。

「你說你訂購了家事服務，有那間公司的連絡方式嗎？」

「一間美國註冊的公司，在台灣有分公司。」

艾利克傳了一張電子名片給我，我馬上轉給凱文。

我說：「我們會去查這間家事務服務公司。現在，你不管去哪，都不能離開我的視線。」

「那我想上廁所怎麼辦？」

「我會在外面等你。」

「可是殺手可能躲在廁所啊！」

「我會先確認環境，沒問題再讓你進去。」

「那真是辛苦妳了！」艾利克把腳放下來，「現在，我想上廁所了。」艾利克起身。

接下來，艾利克總共在一天裡面上了二十五次廁所，我應該幫他預約泌尿科門診，年紀輕輕就有攝護腺肥大的問題，我真的要嫁給這種人嗎？

被他折騰一天之後，我們終於回到他家。

「這是……」我看到眼前的景象，突然驚訝到說不出話。

餐桌鋪了餐巾，桌上有兩瓶紅酒，擺了漂亮的餐具和紅酒杯。我聽到廚房有聲音，馬上拔起佩槍。

「嘿……放輕鬆，他只是個廚師！」

廚房裡一個戴著廚師帽的人，看到我手上的槍，害怕地舉起雙手，切到一半的鮑魚掉到地上。只見艾利克好整以暇地走過去，把鮑魚撿起來，放到水龍頭下沖了水，便放進嘴裡。

艾利克說：「不要浪費食物。」

也許他們會在食物裡下毒？「等一下，讓我先確認食物的安全。」我拿出毒物測試儀。

「不要緊張，這是我熟識的廚師。」艾利克轉頭對著廚師說：「尚恩，你繼續準備晚餐，不要理我們。」

艾利克幫我把椅子拉出來，示意我坐下。

「你在做什麼？」我納悶地看著他。

艾利克說：「我想和好，讓我們忘記過去的事，重新開始好不好？」

「凱薩琳警官」早就不生氣了，如果還生氣，怎麼會自告奮勇想保護艾利克？

此時艾利克放了音樂，是我最喜歡的天空之城小提琴版，但這可能只是巧合。

廚師開始出菜，第一道是我喜歡的烤田螺，那次我和艾利克去法國玩，他賭一百歐元，說我不敢吃蝸牛，但他不知道，只要鋪上蒜頭和奶油，那道菜就是我的最愛。

「味道還可以嗎？」

「很好吃。」這氣氛太過浪漫，浪漫到我覺得每秒鐘都被切成兩半，時間很緩慢地往前走，如果能這樣停住就好了。

接著，廚師上了龍蝦濃湯和蜜瓜生火腿。最後是燉牛舌，那必須用上好的勃根地紅酒和新鮮的羅勒慢熬，讓牛舌吸飽湯汁，軟嫩而不爛，又很入味。那是我曾經煮給艾利克吃的一道菜，那次我們坐火車到了義大利，錢包被偷，只剩下我內衣裡藏的一百歐元，我們為了省錢而睡火車通鋪，卻去超市買了一瓶三十歐的紅酒，結果他竟然拋下我跑去簽一個併購合約，回來的時候，他手上拿了一疊鈔票，卻沒有告訴我錢怎麼來的。

艾利克說：「好像還差一點？跟妳煮的味道比起來。」

我愣住。現在我不再相信這是巧合了。

接著，艾利克走到書房，當他再回來的時候，拿了之前被我偷看到的戒指禮盒和卡片，走到我面前。

「蘇菲，我會一直在這裡等妳回來，不管這次妳變成誰……」我沒等艾利克說完，就跟著他一起唸下去：「不管是二個禮拜、一個月還是十年，我想和妳重新開始。」

「妳早就看到卡片了？」

「你早就知道我是蘇菲？」

「蘇菲，我真的好想妳。」艾利克紅了眼眶。

我們兩個緊緊地擁抱，然後我伸出手。

「我先幫妳收著吧，萬一妳把凱薩琳的人生還回去，忘了把戒指拔下來怎麼辦？」

艾利克才說完，我就笑了出來，這很可能是我會做的事。

「你什麼時候知道的？」

「那雙鞋。沒有警官會穿著那麼貴的鞋子在警局裡走來走去。」

「啊！」我驚呼，當艾利克來警局的時候，我竟然忘了把鞋子換掉。

「還特地畫了妝，以為我看不出來嗎？妳愛用香奈兒一七四號唇膏，畫大地色眼影，就算是不同一張臉，還是一下子就能認出來！」艾利克說。

「所以，在轉身酒吧的時候你早就知道我是蘇菲了？」

「誰會要求傑克把冰塊切成四分之一？這種事只有蘇菲做得出來！」艾利克笑著說。

「那你是因為知道我跟凱薩琳交換人生，才會搭訕凱薩琳的？」不知道為什麼，這次我好希望自己被騙。

「我只是覺得很好玩，想知道妳會有什麼反應。」

「你怎麼可以這樣？」我假裝生氣地打他，心裡卻開心得很。

「雖然知道凱薩琳就是蘇菲，但我知道如果我和凱薩琳上床，蘇菲一定會很傷心。」

「所以你才放我鴿子？」

「拜託，妳變身成一個男人耶！」

「你早就知道了喔？」

「他跟我一起進男生廁所，出來就變成凱薩琳，我怎麼會不知道？」

可惡，原來是這樣。

「不對啊，如果你那時候已經知道我是蘇菲，難道愛情的力量，沒辦法讓你跟一個男人上床嗎？」

艾利克愣了一下。

「所以，如果我跟那個男人上床，妳就不會吃醋？」

換我愣了一下。如果是這樣我會吃醋嗎？如果艾利克跟凱薩琳上床，我一定會吃醋，那如果他跟吊帶男上床呢？雖然裡面都住著蘇菲，但結果好像不同。

這問題太難了。

「那後來為什麼又決定要告訴我？」

「因為妳竟然不惜犧牲性命，用自己的身體保護我。」

「我不惜犧牲生命？」

「妳不是死命用身體護住我的頭嗎？胸部那麼大，又抱那麼緊，真的會把人悶死耶！」

此時我崩潰了，他竟然連我是珊蒂都知道！

「你早就知道我是珊蒂？」

「妳演技實在太差，哪有人來做家事服務像走進自己家一樣輕鬆自在？但我沒想到的是，妳還真的想殺了我。」

「你也不怎麼高明！把珊蒂的住宿券放抽屜裡，我早就猜到你認識珊蒂了！」我得意地說。

艾利克大笑：「沒錯，我的確認識珊蒂！」

「所以你是故意把家裡弄亂，害我收得這麼辛苦！」

艾利克此時把我們的紅酒杯斟滿。

「那只是一部份。現在，妳準備好要聽故事了嗎？」艾利克把我摟進他懷裡。

謎底揭曉

「棄嬰之父約書亞他賣的不是嬰兒，是嬰兒的出生證明。」

「你的意思是，嬰兒後來死亡了，但出生證明記載的那個人，卻一直活在這個世界上？」

「沒錯。只要利用一個出生的嬰兒就可以拿到一份證明，之後嬰兒死了卻沒有通報死亡，這世界就多了一個幽靈人口，要做什麼都可以。」

「但這個幽靈人口沒有生活的軌跡啊！一個正常的嬰兒會長大、上學、交朋友、工作……」

「這有什麼困難的？你只要跟生成式ＡＩ說『生成一個人從小到大的成長檔案』，它有什麼是做不出來的？」

「那幽靈人口可以拿來做什麼？」

「拿來製造死者啊，像是殺了富商，把頭砍掉，假裝死的是那個幽靈人口，而大家還以為富商只是失蹤了。這世界上許多的死亡案，都被錯誤分類成失蹤案，卻一直沒找到失蹤人口。」

我恍然大悟。

艾利克接著說：「所以，要讓一個四十歲的死者從人間蒸發，第一步就是拿到一張四十年前的死嬰出生證明，再將死者的身分換成那個幽靈人口。」

「那還必須那個死嬰從頭到尾都沒有通報死亡，才有可能讓他假裝活在這世上四十年？」艾利克意有所指地說，「如果有一個人，他只是把死嬰埋在自家的後花園，而沒有開立任何一張死亡證明……」

我驚呼：「那個人就是約書亞醫師？」

艾利克點點頭。

「這件事，是約書亞醫師告訴你的？」

「不，是我自己猜的。但因為我是約書亞醫生的律師，即使知道他把死嬰埋在後花園，然後自己猜到偽造的出生證明會被這樣濫用，基於律師客戶的保密義務，我也不能說出口。」

「你不行，但我可以，因為我是記者蘇菲！」

艾利克用一個微笑說明了一切。

「想不到竟然連那個刑事偵查ＡＩ也被騙了！」

「什麼是刑事偵查ＡＩ？」艾利克困惑地看著我。

「就是警察局使用的生成式ＡＩ，可以比對社群資料，判斷死者真正的身分。」

「你們有清查最近的失蹤人口嗎？」

「有啊，這是一開始發現無頭屍就會做的事，但什麼線索也沒有。接著，家屬就來認屍，那我們——我是說警察，當然會相信刑事偵查ＡＩ的判斷結果，覺得來認屍的就是家屬。」

艾利克沉思了一會兒，「如果那些失蹤人口還沒被發現呢？」

我驚呼：「那些失蹤的台裔工程師！」

這次換艾利克露出困惑的眼神問：「台裔工程師？」

「我們正在查一個司法互助案，美國有好幾個台裔工程師回台灣探親以後就失蹤了。」

艾利克拍桌：「那就說得通了，向約書亞收購死亡證明的，就是家事服務公司！」

「對了！我在轉身酒吧換身分的珊蒂，她說她在一間家事服務公司工作，只要把骷髏戒指放進死者口袋，那個人就會死，所以有人要珊蒂殺了你！」

艾利克竟然被紅酒嗆到，說：「妳還不懂嗎？如果真的有人要殺我，我怎麼可能還活到現在？」

這次我真的不懂了。

「妳沒發現我就是珊蒂嗎？」艾利克笑到流眼淚。

「你是珊蒂？」

那個住宿券！我終於懂了，艾利克根本就是故意誤導我。

還有號稱對誰都很公正的傑克，要不是他讓我懷疑凱文，我怎麼會沒想到艾利克就是跟我換身份的珊蒂！

「所以，『每年的年終獎金就是可以選擇殺死一個人』，這也是你編出來的？」我好想撲過去殺了艾利克。

艾利克笑得更大聲了：「這妳也相信？真是笑死我了！妳真的夢到妳想殺了我？」

「大概一百萬次吧！」我兩手抱胸，賭氣地看著艾利克。

「妳都不知道我那時候忍得有多痛苦！當妳說想殺了我，我好想遞給妳一把刀……」

艾利克竟拿起桌上的奶油刀取笑我，笑到捧腹。

「難怪你變身以後躲在廁所不敢出來。所以家事服務公司是假的？」

「那是真的，只有珊蒂是假的。當我知道約書亞醫師沒有通報死嬰，就循線找到了家事服務公司。」

「所以你假扮珊蒂，就只是為了取笑我嗎？」我生氣地看著艾利克。

「為了讓妳相信珊蒂是真的，我可是差點把馬桶灌醉，才會有這麼多空酒瓶！」

「你真是無藥可救！」我忍不住大罵。

「我是有目的的！我是約書亞醫生的律師，律師和客戶間有保密義務，所以我不能把這個故事告訴妳，只好演給妳看。」

艾利克竟然用變身的原理，迴避他的律師保密義務！

「艾——利——克！你知道我有多擔心你嗎？」我生氣地大叫。

「關於這點，的確讓我感到很甜蜜。」

「所以根本沒有人要殺你？」

「妳看看，我演技比妳好多了，就算是傑克也比妳強！」

「傑克？他不是不介入客人間的紛爭嗎？」

「我一直求他，他終於答應暗示妳來找我，而我早就跟一個一般的家事服務員互換了身分。」

我生氣地說：「珊蒂是你選的？」

「那才是真愛啊，我願意娶蘇菲小姐為妻，無論她現在是五十公斤還是一百公斤，無論她變身成珊蒂還是凱薩琳……」艾利克又自顧自地演了起來。

「所以，關在廁所不敢出來的人，其實是你？那真的珊蒂在哪？」

「樓上的旅舍。」艾利克誠實地說。

「難怪傑克不讓我跟珊蒂見面，因為如果我跟珊蒂有講話的機會，我就會發現這一切，所以我和珊蒂換回身分的那天，如果我不要被傑克誤導，跑去樓上的旅舍找她，就會發現這一切？」

「哇！蘇菲，不錯喔，妳愈來愈聰明了！」

我氣得想把紅酒潑在他臉上。每次都這樣，浪漫感動的場面無法維持超過半個鐘頭。

「那珊蒂有某個原因不能殺艾利克律師，也是你捏造的？」

艾利克皺了皺眉說：「話也不能這麼說，珊蒂的確是因為某個原因無法殺了艾利克啊！」

「這不是廢話嗎？因為你就是珊蒂啊！」我生氣地說。

但至少艾利克不會有生命危險，雖然我嘴裡罵他，知道這整個故事之後，我著實鬆了一口氣。

「那傑克為什麼要幫你？」我生氣地插腰。

「這個當然是有原因的，以後妳就會知道。」

我嘟起嘴。賣什麼關子？

「那你怎麼拿得到骷髏戒指？」

艾利克說：「那種東西去跳蚤市場就買得到了，然後再寄去專門置入定位資訊的公司，把戒指加入定位訊號。很多貴婦都這麼做，就不怕首飾被偷了。」

「那約書亞醫生是壞人嗎？」

「等妳知道真相以後再告訴我，看妳覺得他是好人還是壞人。」艾利克神祕地說。

忽然一股衝動，我撲向前親吻他的臉。

「不行！我現在沒辦法！等妳把身體換回來再說。」艾利克不斷掙扎。

「有什麼關係！你閉上眼睛就好啦。」

「不要！太奇怪了！妳在另一個女人的身體裡……」

「沒關係嘛！我又不是一個男人……」

「我不要！妳再繼續這樣我要報警……」

「我就是警察啊！你忘了嗎？」

「蘇菲！！！」

這是艾利克最後一聲慘叫，接下來發生的事，可能只比發生命案好一點點。結束後，艾利克呼呼大睡，像個小嬰兒一樣，我幫他蓋上被子。背對著艾利克，我流下了眼淚，因為能在艾利克身邊的日子已經屈指可數。如果我離開了，也許凱薩琳可以取代蘇菲，反正他剛剛也親了凱薩琳。

誰的身體真的重要嗎？是不是只要讓艾利克相信，有一個人的身體裡住著蘇菲就可以？他就不會因為蘇菲的離去而感到悲傷。那麼，變身之門關起，我跟著傑克他們一起離開，好像也不是世界末日。

這對艾利克似乎有了解方，那不會是艾利克的世界末日，可是對我呢？我一點都不想失去艾利克，我不禁抱著臉哭了起來。

第六章　蘇菲——消失的被害者（下）

破案

在變回凱薩琳的最後一天，我以為可以破了這個案子，為凱薩琳警官這個身分畫下完美的句點。

「學姐，上次妳叫我去調查的，果然這些死者都沒有出境紀錄，後來鑑定報告說，社群照片、遊記、影片這些都是生成式ＡＩ做出來的假資料。妳真是太厲害了！」凱文說。

我得意地說：「嗯，ＡＩ被下的咒語大概是『生成羅賓和他的家人去各地旅遊的照片』，然後ＡＩ就會照著網路上出現旅遊照片的頻率自動生成，那它一定會生成世界重要景點的照片啊，那種照片數量最多，ＡＩ自以為用大數據產出的結果才叫客觀，但客觀不等於事實。」

「那的確不符合人類真實生活的型態，正常人怎麼會有錢整天去世界名勝古蹟呢？看來ＡＩ還是有不夠強的地方嘛！」

我搖搖頭說：「那只是現在，也許有一天ＡＩ會變得很強大，讓我們完全找不出破綻。」

「如果真有那麼一天，那肯定是世界末日了！」凱文瞪大了眼睛。

「對了，大衛那邊已經查到，棄嬰之父賣的是嬰兒的出生證明。那麼是不是有一個可能，就是某個人買了嬰兒的出生證明，用來偽造死者的身分？」這是艾利克的猜測，卻必須從我的口中說出。

凱文恍然大悟。「所以來指認屍體的人，根本不是死者的家人？」

「沒錯，而我們的刑事偵查ＡＩ還自以為很聰明，用網路爬蟲技術找到那些刻意造假的資料，警方因為有羅賓的家人來認屍，就以為死的人是羅賓，其實死的是——」

「失蹤的華裔工程師？」我還沒說完，凱文馬上接話。

「不錯呦，你變聰明的嘛！」看起來像書呆子的凱文，這次讓我很驚豔。

「這世界管ＡＩ管得這麼嚴格，對於人類的出生和死亡卻管得那麼鬆散。」

凱文有感而發地說。

「本來應該要驗ＤＮＡ才能完成認屍程序，但這幾個屍體，來認屍的剛好是沒有血緣關係的配偶，不然就是家人長期在國外無法回來，依新修正的無人屍認領條例，刑事偵查ＡＩ判斷後機率大於百分之九十九，再搭配一項生物特徵，就可以讓家人把屍體領走了。」凱文進一步解釋。

我不解地問：「什麼樣的生物特徵？」

凱文翻了一下資料。「像這個羅賓，這次家屬把死者生前用的硬碟拿來，直接用指紋開啟，檔案裡面有羅賓工作的資料，放進刑事偵查ＡＩ判讀後，發現與他社群媒體的足跡相符。」

「如果社群媒體資料和工作資料都是ＡＩ自動生成的假資料，那就算百分之百相符，也沒什麼好奇怪的了，反正全是假的。」

凱文邊說邊點頭：「現在看起來是這樣沒錯。」

「刑事偵查ＡＩ用了造假數據，產生了偏誤的判斷結果，這就是典型的ＡＩ詐欺，只是想不到，連警察局的ＡＩ也被騙了。」我倒了一杯水坐下。

「畢竟有了生成式ＡＩ以後，要生成一個人從小到大的生活軌跡實在太簡單了，連指紋都可以預先建檔。」

「等等，你說指紋？」我突然站了起來。

「對啊？怎麼了？」

「死者的指紋就是他本來的指紋，那個早夭的嬰兒沒有成人期的指紋啊，如果用死者的指紋能打開電腦，表示那台電腦其實是……」

我和凱文異口同聲地說：「死者的電腦！」

「那死者的電腦，怎麼會在假身分的家屬手上？」

我興奮地拍桌：「所以家事服務公司想拿走的，不只是工程師的性命，是裡面的神祕檔案！」

「說到這個，在學姐休假期間，我研究了一下資料，發現這些工程師有一個共通特點，他們都在二〇二三年參與了某一個生成式ＡＩ的研究專案，回台灣期間，也訂閱了同一個家事服務的App，就是妳傳電話給我的那家公司。」凱文說。

「生成式ＡＩ的研究專案？」我困惑地看著他。

凱文解釋：「嗯，二〇二三年ChatGPT問世，大家開始瘋狂地想像生成式Ａ

Ｉ能做什麼。」

「這不是很明顯嗎？生成式ＡＩ什麼都能做，還可以辦案！」我帶著反諷的口吻。

「但之後，許多人都失業了，先是翻譯工作者，再來是低階工程師、資料輸入人員，接著有百分之五十的工作消失了。聽說，那個專案如果成功的話，百分之九十九的工作都會消失。」

我恍然大悟：「也就是說那個專案後來沒有成功，所以我們到現在都還有工作？」

「沒有人知道那個專案的內容是什麼，美方只透露到這樣。」

「難道，這世界上有一群人很害怕ＡＩ的發展，所以才發生了這些謀殺案？他們以為殺了這些工程師，ＡＩ的發展就會停滯……」

「或者，他們想拿到ＡＩ的研究專案內容，發展自己的ＡＩ？」凱文轉頭看向我。

幾乎是膝反射般不經過大腦，我們很有默契地擊掌。此時我心中突然浮現一絲遺憾，因為今天我就要把身分還給凱薩琳了，這案子終究無法在我手上偵破。

說話的同時，凱文從抽屜裡拿出一張電影票，「學姐，這個電影真的很好看，是明天晚上，我查過妳的班表，明天我們都沒有值班。」

我看了一下電影的名字：「失控的ＡＩ？好應景喔！」

我很想看這部電影，也很喜歡凱文，是那種各方面都不覺得討厭的喜歡。但我們的緣份只能到此為止，至少，我還來得及把電影票給凱薩琳。

「謝謝你，跟你一起工作很愉快。」我收下凱文的電影票，「明天我們不見不散喔。」凱文露出大男孩的天真笑容。

這笑容好熟悉，我心中突然激起一陣漣漪。不可能是他，他已經死了，死於當年的那場大火。

千萬別想起

我和凱薩琳換回身分後，沒有馬上離開，而是和她一起坐在傑克面前，等著傑克的記憶特調。凱薩琳舔著瑪格麗特酒杯邊緣的鹽巴，我看著她，感覺好像在照鏡子，一時間還不習慣我已經不是凱薩琳的這件事。

傑克很緊張地把兩杯藍色的飲料推到我們面前，我從來沒看過他那麼緊張。

「喝下這杯，你們會想起這段期間經歷過的一切，只是住在妳們身體裡的，是另外一個人。」傑克的解釋很多餘，誰不知道記憶特調的功能？

我想問傑克為什麼要幫艾利克，可是凱薩琳在旁邊，這也許不是解謎的好時機。

凱薩琳轉頭想跟我說些什麼，卻欲言又止，我也是。

關於我用她的身體和艾利克上床這件事，我心中一直覺得很抱歉，如果不是那天酒喝多了，我應該先打個電話問凱薩琳，徵求她的同意。畢竟這不是真的她，艾利克也沒有性病，所以嚴格來說，她沒有任何損害，我是這樣安慰自己的。

「請妳原諒我。」凱薩琳突然這麼說。

聽到這句話，我突然害怕起來，即使我做了那件事，也沒有說出對不起三個字，那凱薩琳到底做了什麼事，需要跟我說對不起？

我急著喝下記憶特調，想知道我到底錯過了什麼。

「艾利克？」我不敢相信自己在希臘海灘上看到了誰。

接著，蘇菲穿著比基尼泳裝走過來，躺在艾利克身邊，他們親密地接吻，就像一對度蜜月的新婚夫妻。一直以為艾利克非常非常非常生氣的我，看到艾利克和「蘇菲」親熱地在希臘度蜜月。難怪我用隱藏密碼的手機打電話給艾利克，艾利克都不接，訊息也不回。因為他正跟「蘇菲」在希臘度蜜月！我快要昏厥，酒量很好的我，此時竟然差點從高腳椅上摔下來。

但凱薩琳看到我給她的回憶卻很開心，「我真的跟艾利克上床了！喔，天啊！」

這一切都跟我想的不一樣，凱薩琳對於我用她的身體跟艾利克上床，一點也不生氣。

「我不是故意的，我不知道為什麼他會突然出現……」

我生氣地說：「妳沒有跟他說妳根本不是蘇菲？」

「我應該要說嗎？變身的意思不就是變成那個人嗎？這是我們說好的對吧？」

「但妳怎麼可以欺騙他？」我痛苦地抱頭。

「妳確定是我欺騙他嗎？妳確定我們在一起的一整個禮拜，他完全沒發現嗎？」

凱薩琳的話，刺進了我心裡最痛處。

「雖然妳的手機裡有蘇菲ＡＩ，我可以作弊問那個ＡＩ，蘇菲怕鬼嗎？蘇菲進旅館房間會先敲門嗎？蘇菲吃飯前會禱告嗎？蘇菲睡覺會關燈嗎？但總有一些來不及問的時刻……」

凱薩琳站了起來，繼續說：「知道一個人不是那個人太簡單了，她喜歡吃的東西、她走路的方式、甚至是她喜歡的姿勢……但艾利克喜歡我，我看得出他很快樂！」我從她的眼神看不出一絲真心的抱歉，我相信她很想衝去告訴艾利克，即使已經和蘇菲換回來，她都願意用凱薩琳的身體，繼續當他的情人。

我拿出凱文的電影票。

「妳怎麼對得起凱文？妳知道他一直很喜歡妳嗎？」

凱薩琳接過電影票，皺了眉說：「但我不喜歡他啊！像個小朋友一樣。如果妳喜歡他的話，不然我們交換吧？」

我看著她在我面前，把那張電影票撕成兩半，毫無戀棧地離去。

凱薩琳走的下一秒，我的眼淚馬上滑下。

「蘇菲……」傑克開口想安慰，卻不知道該說什麼。

「艾利克不可能不知道，對吧？」

傑克沒有說話，只是默默地擦杯子。

「他為什麼要騙我？他為什麼不跟我說實話？」

傑克還是沒有說話。

「難怪他會買禮物送我，是因為愧疚吧？」

「蘇菲，妳為什麼不直接打電話問他呢？」

「問有什麼用？他選擇不告訴我，我為什麼還要拆穿他？」

「難道，妳打算假裝什麼事都沒發生嗎？」

「當然不是。怎麼可能就這樣下去？我要趁這個機會跟他分手！反正本來就要分手，只是想不到一個好理由，發生這件事根本是老天幫我做決定！」

傑克嘆了口氣：「女人都喜歡講反話。」

才不是這樣。我想到艾利克說過的話，他說，「讓我們忘記過去的事，重新開始好不好？」原來那句話是這個意思，那場浪漫的晚宴，現在回想起根本是別有用心。

我抬頭看著傑克：「蘇菲的身體和蘇菲的靈魂，到底哪一個才是真正的蘇菲？」

從來不哭的我，竟趴在吧檯上哭了起來。

「蘇菲和艾利克真的去度了蜜月，這不應該是一件很美好的事嗎？」

「但艾利克的靈魂背叛了我啊！難道他只要蘇菲的身體，裡面住著誰都無所謂嗎？」

「那妳就能接受他占有凱薩琳的身體，只要蘇菲住在裡面就可以嗎？」

我傻傻地看著傑克，是這麼說沒錯，比起身體出軌，我更在乎他精神上有沒有出軌。只要女人都是這麼想的嗎？還是我比較不正常？

「我還是覺得妳應該打個電話給艾利克。」傑克幽幽地說。

「算了，這樣也好。反正變身之門都要關了，我們遲早要分手的。」我悲傷地看著傑克。

因為突然知道凱薩琳和艾利克上床太過震驚，我竟然忘了問傑克關於珊蒂的事。

凱薩琳離開不久，英格莉來到吧台。

「蘇菲姐！」她很高興地打招呼。

「妳今天很漂亮喔！我一直覺得阮玲玉頭很適合妳！」我誇獎英格莉的造型。

「蘇菲姐不管怎麼樣都很漂亮！」我低頭看了自己一眼，今天是中性的馬靴裝。

英格莉問：「蘇菲姐，妳會跟我們走吧？」

「蘇菲，妳跟艾利克說了沒？已經九十八個了。」傑克又問了我一次。

我沉默地喝了一口酒，走向保齡球道，投了一顆球出去。

英格莉說：「蘇菲姐，妳該不會想離開轉身酒吧？只剩兩個，傑克就會把變身之門關起了。」

「這樣真的好嗎？像安妮她們那樣，一輩子活在鏡像時空裡不會變老。」我看向安妮和她的情人。

英格莉突然抱住我說：「蘇菲姐，我不想跟妳分開！」

我的心揪了一下，拍拍英格莉的手：「我也是。可是……」

「是因為艾利克吧？」她看著我，「但妳之前不是說，只要在離開前，讓他的人生不再有遺憾就好了，現在那些鏡像事件都一一轉正了，他也不用再吃安眠藥，他已經好了！」英格莉有點超乎我預期的激動。

「妳知道嗎？如果有一個人腳的大小跟妳一樣，知道妳點泰國菜的時候會註記不要辣，點燒肉飯會註記不要洋蔥，點筒仔米糕會註記不要香菜，跟他在一起，就會覺得好像在照鏡子一樣……」

「妳之前不是說過，我就是妳的鏡像嗎？我懂妳的一切，知道妳喜歡的東西，知道妳用的化粧品色號，就像住在妳心裡一樣！」英格莉用她細細的丹鳳眼看著我。

「妳是啊！妳一直都是！」我摸摸英格莉的臉頰，她就像我的小妹妹一樣。

「那我可以永遠陪著妳啊！妳根本不需要艾利克！」

她是心疼我吧？怕我會死於下一個鏡像事件，但事情並沒有這麼簡單。

「讓我再想想吧，這個案子還沒結束啊！」

我把保齡球丟出去，這次竟然全倒。

這是上天在給我什麼暗示嗎？我喜歡蘇菲記者這個身分，也喜歡艾利克，但是如果有一天，傑克的變身之門關了，而我沒有跟著他們一起離開，那從此以後我就會變老，而且不能再變身，我會成為永遠的蘇菲資深記者，並且死於下一次的火災鏡像事件。

而我竟然還沒有告訴艾利克這件事。

我問英格莉：「對了，我一直想問妳，上次我們兩個交換人生，妳跟一個人視訊，那個人是誰啊？」

「喔，一個國外的朋友。」

「是喔，因為我聽到妳一直說，是的、沒錯……」

「她問我出國留學的文件要怎麼準備，妳知道的，就是身分證明文件、工作經歷那些。」

「原來是這樣。」我大力把球丟出去，「可惡！這次竟然洗溝！」我看著前面的球道，生氣地插腰。

法庭激辯

今天是賣嬰案開庭。法庭裡，約書亞醫師的夫人坐在證人席，我和其他的記者一起坐在聽眾席。

審判開始後沒多久，艾利克站起，手上拿著律師常用的黃色筆記紙。

艾利克問：「妳和約書亞醫師都是信天主教嗎？」

「是。」證人回答。

「天主教通常反對墮胎。那麼，妳和妳先生對於墮胎的立場是什麼？」

檢察官舉手：「異議，辯護人在詢問被告意見。」

「這牽涉到被告的主觀犯意。」

「異議駁回。」審判長裁示。

證人說：「我們信天主教，反對墮胎。」

艾利克翻了一下手上的筆記紙，全場屏息，等著看艾利克要怎麼出招。

艾利克在投影螢幕上顯示了電子地圖：「這是中山區的地圖，麻煩你告訴我們，圖上標示的一二三，哪一個是你們診所的位置？」

艾利克抬高眼鏡。

「是二。」證人肯定地說。

艾利克把圖拉近放大，「在診所附近，總共有六間理髮廳、八間酒店、四間越式洗髮、五間卡拉ok，七間按摩店，還有無數的賓館。」艾利克用投影筆指著畫面上的某一點。

「一九六五年美軍加入越戰，在中山北路蓋了美軍招待所，成為越戰時美軍的度假場所。緊接著中山北路一帶開了三十幾間酒吧，這一整排都是婦產科，那時候很流行一種醫療服務，叫月經規則術，妳知道那是什麼意思嗎？」

「那就是廣義的流產手術。因為流產手術直到一九八五年才合法，在那之前，醫生不能幫產婦墮胎，但這個區域對於墮胎的需求又特別大，只好用這種隱晦的術語。」

「你們的診所也在婦產科一條街，所以，被告也做流產手術嗎？」

檢察官又舉手：「異議，誘導！」

「成立。辯護人請修正你的問題。」

我替艾利克捏了一把冷汗。關於月經規則術這件事，是我在騙他的撲克牌時，隨口告訴他的故事，但這件事和賣嬰案有什麼關係？

艾利克問：「就妳所知，在約書亞醫師的執業生涯中，曾經做過流產手術嗎？」

「從來沒有，這違反我們的信仰。」

「即使產檢的時候發現嬰兒異常，也不能墮胎？」

「產檢？嬰兒早在那之前就拿掉了。」

「也就是說，那樣的年代，在中山北路的紅燈區如果不小心懷孕了，只有非法墮胎一個選項？」

「異議，誘導！」檢察官又舉手。

「駁回。」審判長馬上裁示。

「如果選擇把小孩生下來，會有很長的時間不能接客賺錢，大部分的小姐都不願意，所以中山北路上的婦產科大部分都會做流產手術。」

「既然是這樣，為什麼反對墮胎的你們，會選擇在風化區開業？」

「與其墮胎，我們希望提供小姐們另外一個選擇，就是安心地把小孩生下來。我們還會給她們一筆錢養胎，讓她們在懷孕後期不用繼續接客。」

「無論最後小孩有沒有順利生下，都可以拿到那筆錢？」

「是。」

「那小孩生下來之後呢？」

「如果是健康的嬰兒，她們可以選擇留下小孩。如果不要，約書亞醫師就讓想收養的父母直接登記為嬰兒的生母，省去收養的程序。」

「那如果是不健康的嬰兒呢？」

證人沉默許久。

艾利克又問了一遍：「如果生下來是有問題的嬰兒，約書亞醫師會怎麼做？」

「那些嬰兒她們哪有能力照顧？一開始我們就留著，我和我先生自己照顧，但後來漸漸不堪負荷。照顧這種小孩很花錢，而且二十四小時都要有人看著，為了補貼成本，我們就開始賣嬰兒的出生證明。」

聽眾席開始騷動。

「嬰兒的出生證明要怎麼賣？」

「一開始，是一個叫旺仔的人來診所找我們，說他要收養小孩。我問他要男生還是女生，他說都可以，可是要有病的，愈嚴重愈好。我就覺得很怪，所以不理他。但後來他說他只要一張出生證明就好，小孩不要。我就問他願意出多少錢，他說一張兩萬。兩萬那時候很多錢啊，我就有點心動，想說只是賣一張紙就可以拿兩萬，那我們就可以拿那些錢照顧這些有問題的小孩，後來他愈買愈多，每次都會給我們不一樣的父母姓名……」

「為什麼要提供父母姓名？」

「出生證明要填父母姓名啊。但突然有一天，旺仔就沒有再來了，後來我先生年紀大了，診所也收起來不做了。」

「約書亞醫師退休以後，這些有先天性疾病的嬰兒怎麼辦？」

「他們活不久啦，嚴重的，有的幾天就死了，我們就繼續養，養到他們過世為止。」

艾利克把他的黃色筆記紙放回桌上。

我心想著，難道艾利克已經找到旺仔，才能循線找到家事服務公司？

艾利克問：「就你們處理的案例，在這些先天性疾病當中，哪種疾病最常見？」

「都有啊，畸型的，心臟病的，但如果可以治療，還是有可能被收養，留下來的通常都很嚴重，最多的是像水腦症，也就是腦積水。」

「你能不能跟我們解釋一下，什麼是水腦症？」

檢察官又舉手：「異議，辯護人在詢問證人意見。」

「證人也是醫護人員。」

「但她現在是證人。」

艾利克說：「被告夫婦對水腦症的了解，牽涉被告的主觀犯意。」

「異議駁回。」審判長裁示。

證人說：「腦積水通常是因為腦脊液流動梗塞，如果是先天性水腦症，通常是先天畸型所引起，那些嚴重的，出生後很快就會死亡。」

「很快是多久？」

證人說：「也許幾個星期。」

「所以，你們賣出生證明拿到的錢，剛好可以讓你們陪伴這些不幸的小生命，走到人生的最後一刻？」

檢察官舉手：「異議，誘導！」

「我收回剛剛的問題。那我再確認一次，你們是賣出生證明，還是賣嬰兒？」

「是那張紙，就只有出生證明。」

「而你們不但沒有賣嬰兒，還拿錢給產婦安胎？」

「異議！」檢察官還沒說完，艾利克就接話：「我收回這個問題。」

艾利克走回座位，換檢察官站起。

「請提示卷證第九十頁。」檢察官在投影螢幕打上卷證資料。

「你在警詢筆錄時供稱，一九六五年到一九八四年間，你先生總共接生了十六個患有嚴重水腦症的嬰兒，以及三十四個有先天性疾病的嬰兒，以上是否屬實？」

「是。」證人回答。

「那麼同一期間，被告大概接生了幾個嬰兒？」

「那可多了，怎麼算得出來。」

「我只問大概，不用確切的數字。」

「我忘了，這麼久以前的事。」

檢察官在螢幕打上另一份文件，說：「容我提醒你，如果計算你們診所開過的出生證明，你先生總共接生了一百九十八個嬰兒。」

艾利克舉手：「異議，這個問題是在考驗被告有沒有老年痴呆嗎？」

「我還沒問完。」檢察官瞪了艾利克一眼。

「如果你不否認上述事實，在被告接生的嬰兒中，有高達百分之八的嬰兒患有嚴重的水腦症，但一般嬰兒患嚴重水腦症的比例不超過千分之二，你不覺得你們接生水腦症嬰兒的比例過高嗎？」

艾利克又異議：「檢察官在詢問證人意見。」

「證人也是醫護人員。」

「但她現在是證人。」

「異議駁回。」審判長裁示。

「我不覺得。畢竟酒店小姐大部分都會抽煙喝酒，有的甚至會嗑藥，本來嬰兒有問題的比例就會比較高。」

檢察官往國民法官的位置走了幾步，「你剛剛說，如果是健康的嬰兒，你們會在生母欄填上養母的名字。那麼，你們有向養父母收費嗎？」

「有，但是只有一點錢，只能算是紅包，補貼奶粉錢而已，我們沒有賣嬰兒！」證人聽到收費兩個字，略顯激動。

「不用緊張，我沒有說你們在賣嬰兒，你們不用自己對號入座。請妳告訴我們，一點錢是多少錢？」

「就三千！如果是一個健康的嬰兒，我們只收三千，比我們付給產婦的安胎費還少！」

「妳剛剛是不是說，如果是有病的嬰兒，你們賣一張出生證明，可以得到兩萬？」

「是。」

「異議！」艾利克舉手。

「異議駁回。」審判長不給艾利克說明的機會，我開始替艾利克捏把冷汗。這個檢察官是出名的嫉惡如仇，曾因為不遵守秩序被法官請出法庭，但我到現在還看不出他想出什麼招。

「你剛剛是不是說，你們是故意選在中山北路的風化區開婦產科？」

「異議，這是誘導！」

「我只是重複證人的話。」

「異議駁回。」

「沒錯，因為我們反對墮胎——」

「我沒有問你原因。」檢察官打斷證人，接著說：「健康的嬰兒只有三千塊紅包，但有病的嬰兒，一張出生證明就可以賣兩萬。你們是不是早就知道風化區生出異常嬰兒的比例比較高，才會故意把診所開在中山北路？其實你們才不在乎墮不墮胎，你們的目的，根本是收購有問題的嬰兒？」

「異議！」艾利克大聲地說。

「異議成立。」審判長終於站在艾利克這邊。

接著，檢察官在投影螢幕打出一張照片：「這是在你家後院挖到的白骨，他們是那些死去的嬰兒？」

證人眼睛張大，目不轉睛地看著螢幕。這就是艾利克說的，約書亞醫師把死嬰埋在後花園裡嗎？我不禁打了哆嗦。

「我再問妳一次，這些白骨是不是那些有問題的嬰兒？」

「是。」

「為什麼你們不敢給這些嬰兒開死亡證明，而是偷偷地把屍體埋在後院？是不是因為你們早就知道，有盜嬰集團偷了別人的嬰兒，再找你們開出生證明去辦護照，把別人的嬰兒賣到國外。因此，這些嬰兒的出生證明已經被賣掉，當然沒辦法開死亡證明，他們的存在，就像根本不存在的幽靈一樣？」

「異議！」艾利克又站起。

「成立，檢察官請換個問題。」審判長說。

盜嬰集團？為什麼是盜嬰集團？收購出生證明的不是家事服務公司嗎？

檢察官繼續追問：「妳從來沒有懷疑過，為什麼有人要買出生證明嗎？」

「異議！」艾利克說。

「駁回。」審判長裁示。

「我們沒想這麼多。我們要是懂法律，當初連那些紅包都不會拿，我先生只是一個想要阻止產婦墮胎的醫生！」證人激動地說。

「妳全部推給一個找不到人的旺仔，怎麼會這麼剛好，一堆水腦症的嬰兒都剛好在你們診所接生，被告想要退休的時候，旺仔就突然消失不見人影？我現在就要問妳，是不是根本沒有旺仔這個人，你們夫婦才是賣嬰集團背後的首腦？」

「我不是！」被告席上的約書亞醫師突然站起來，但檢察官比被告更激動，轉過身對嗆被告。

「就算我們相信你吧。但是，一張偽造的出生證明可以讓嬰兒入戶口，盜嬰集團讓失竊的嬰兒入戶口以後，就可以幫那個嬰兒辦護照，再把嬰兒帶出國。每一張偽造的出生證明，都代表一個破碎的家庭，你有想過偽造出生證明的後果嗎？」

「我……我只是一個醫生，怎麼會想這麼多……」

我在筆記本寫下：旺仔失蹤？

艾利克說：「異議！這是假設情境，目前沒有證據證明偽造的出生證明，和盜嬰集團的行為有因果關係。」

「依照目前辦嬰兒護照的規定，這不是完全不可能發生。」

「我的當事人無法針對一個假設的情境回答，而且，現在到底是在問證人，還是在問被告？」

「檢察官還有其他問題要問證人嗎？」審判長說。

「我可以再問被告兩個問題嗎？」

審判長想了一下，點點頭。

接著，檢察官走近約書亞醫生，氣氛凝結了十秒。

「你怎麼知道想收養健康嬰兒的養父母，是真的想收養小孩？」

「我會觀察他們。」

「用你自己的判斷？」

「對。」

「我以為你只是一個醫生，不是神。」

「異議！」艾利克又舉手。

「異議成立。檢察官，最後一個問題。」審判長說。

「最後一個問題我要留給證人。請問付安胎費跟買嬰兒有什麼不同？」

「異議！」艾利克連喊了兩次。

「我收回最後一個問題。」檢察官說完便走回座位。

艾利克舉手：「審判長，我可以再問幾個問題嗎？」

審判長點頭，艾利克便走向前。

「羅絲女士，妳剛剛說妳和妳先生會付安胎費，讓那些產婦可以一陣子不用接客。那麼，一個產婦可以從你們這裡拿到多少安胎費？」

「一個產婦六千元。」

「所以，依據檢察官的數據，一百九十八個產婦，你們總共支付了一百一十八萬八千元，如果一個健康的嬰兒賣三千元，一個有病的嬰兒賣兩萬元，那你們總共得到一百一十七萬兩千元，還倒賠一萬六千元，我算的有錯嗎？」

證人愣了一下：「嗯……沒有。」

檢察官說：「異議！」

「駁回。」審判長毫不考慮地裁示。

「買賣嬰兒必須有對價，這個賠本生意對價不相當。如果是仲介嬰兒買賣，有仲介會做這種賠本生意嗎？」

「異議！我聽不到這裡面有任何要問證人的問題。」

「最後一個就是問題。」

「所以辯護人在問證人意見嗎？」

就在檢察官和艾利克一來一往的時候，審判長裁示異議成立，證人不必回答。

「辯護人，你還有其他問題嗎？」

艾利克轉頭看著檢察官剛剛留下的螢幕畫面：「螢幕上的這些白骨，有哪一個嬰兒是妳和妳先生殺死的嗎？」

「沒有，每一個嬰兒我們都是盡力救活，救到不能救為止！」

「包括這個人嗎？」

艾利克在螢幕上打出另外一張照片。

我必須摀住自己的嘴，才能克制自己不要驚叫出聲。

「是。他是唯一一個嚴重腦積水的患者，做完腦積水手術後，還可以倖存下來的嬰兒。」

「這是他寫給約書亞醫師的信。」艾利克切換下一個畫面，「信裡面說，謝約書亞醫師救了他，教他唸書，雖然他一直不能報戶口，也不能讀書，但他靠自己的能力，救回了超過一百個原本會死亡的人。」

「異議！」檢察官舉手，「這不在證據調查清單裡。」

艾利克說：「這位證人願意出庭作證。」

那是——小時候的傑克？雖然和現在的傑克長得不太一樣，但那特別的五官，我不可能會認錯。

我突然懂了，為什麼傑克會選擇一間中山北路的酒吧當鏡像，開了轉身酒吧，又為什麼會破例幫助艾利克，因為約書亞醫生其實是傑克的恩人？

傑克是個沒有身分的人，從出生就是。那麼，他之所以有讓人變身的能力，是因為小時候的那場手術嗎？我開始迷惘，難道不是我利用傑克邀請艾利克進轉身酒吧，而是傑克早就安排好一切，讓我遇見艾利克？

我永遠無法理解傑克在想什麼，問了他也不會告訴我。但這一切，就像冥冥中已有安排。

「我沒有其他問題了。」艾利克說完便坐下。

全場一陣靜默。

為了避開等一下離場的人潮，我默默地起身走出法庭。

為什麼檢察官只講到盜嬰集團，卻沒有提到消失的被害者？我早就跟凱文提到有人拿著約書亞醫師賣出的死亡證明，故意製造死者的假身分，誤導我們死亡的不是失蹤的華裔工程師，棄嬰的案子明明和骷髏戒指有關，但檢察官卻隻字未提，他是不是故意在隱瞞什麼？

而旺仔真的失蹤了嗎？還是檢察官故意不追這條線索？賣嬰案破了，但骷髏戒指案卻變得更撲朔迷離。

未完的結局

兩個月後審判結果出爐，果然讓所有人跌破眼鏡。檢察官無法證明約書亞醫師和賣嬰有關連，就偽造出生證明的部分，約書亞醫生因為偽造文書被判有期徒刑四個月，得易科罰金，緩刑三年。販賣人口的部分因為對價不相當，被判無罪，那次庭訊是最後的言詞辯論庭，傑克後來沒有出庭作證。因為這件案子，社會輿論重新開啟了對墮胎的討論，有人說，偽造出生證明的結果那麼嚴重，卻判這麼輕，應該檢討修法。又有人說，是因為那個年代醫生沒有通報出生的義務，但後來已經修法，所以這問題不會再發生。

那案子還有很多複雜的法律爭點，而鏡像事件顯然就是一九八〇年的褚麗卿跨國賣嬰案，事隔幾十年後，許多被賣到國外的小孩回來跨海尋親，法律也作了修改，填補略誘罪的法律漏洞，也就是即使父母知情也同意販嬰行為，因此不構成「略誘」，販賣人口的集團還是有罪。

但我關心的從來就不只是法律爭點，於是我約了凱文喝咖啡。在他眼裡，此刻的我，只是那個很愛挖新聞的蘇菲記者。

「約書亞醫生從一九六五年就開始賣出生證明，但那時候並沒有ＡＩ，買到出生證明可以做什麼？」

「可以入戶口，然後辦護照。」凱文頭也不抬地說。

「辦護照？」

「辦嬰兒護照需要有戶口，還有帶著嬰兒到戶政事務所作人別確認。我們懷疑，那些出生證明賣給了盜嬰集團，他們盜取嬰兒後，拿著偽造的出生證明先入戶口，再帶著被盜的嬰兒到戶政事務所辦護照，最後才能把嬰兒帶出國。」

我假裝驚訝地抬頭：「所以檢察官說的有可能是真的？」

「理論上有可能發生，但目前還查不到直接的關連，無法證明約書亞醫師開的出生證明，最後真的幫失蹤嬰兒辦到護照，我們正在清查一九六五到二〇〇〇年所有失蹤嬰兒的名單。」

「可是一九六五年那時候還是戒嚴時代，嬰兒辦護照的程序和現在一樣嗎？」

「好問題。可惜那案子不是我負責。」

「如果這是真的，那約書亞醫生不就成了盜嬰集團的幫兇？他真的不知道偽造出生證明的嚴重性嗎？」

「誰知道！也許妳該問那個艾利克律師。」

我低頭不語，想著要怎麼把這個話題拉到骷髏戒指那個案子。如果我是凱薩琳，就可以大方地和凱文討論這個問題，但可惜我現在是蘇菲。

我試探著問：「就只有盜嬰集團會想買出生證明嗎？該不會……有人用出生證明偽造死者的身分，讓人以為死的是長大後的嬰兒，但死的人其實是某個失蹤人口？」

凱文抬頭看我。

我受不了了，終於講出那四個關鍵字：「我的意思是，關於那個骷髏戒指，有新消息嗎？」

「骷髏戒指？妳怎麼會知道骷髏戒指的事？」

「喔，之前凱薩琳告訴我的。」

凱文看起來很驚訝：「妳也認識她？」

「嗯，她偶爾也會給我一些消息。她最近好嗎？」

凱文聳聳肩：「我也不知道，一陣子沒聯絡了，自從她調單位之後。」

「她調單位了？」

「很久前就調了。妳不知道嗎？」

我搖搖頭：「我也一陣子沒和她聯絡了。但之前她曾經告訴我關於一個美國失蹤人口的案子。」

「她告訴妳？」

「嗯，她還說了指紋筆電的事。」

「妳也知道得太多了。」凱文有點訝異。

我又燃起一線希望，也許凱文覺得反正我已經知道這麼多，也不差再多透露一點讓我知道。「所以，是美國給的壓力嗎？和那個筆電裡的東西有關？」

「蘇菲，知道太多不是好事。」

看來被我說中了，我開始窮追猛打。

「為什麼那些工程師要來台灣？他們是有任務的吧？美國政府派他們來的？」

「妳怎麼會這麼猜？」

「不然美國為什麼不讓台灣繼續查下去？一定是那個筆電裡有什麼了不起的

國防機密？」我突然大叫，「該不會想殺工程師的人，和美國的敵人有關？是伊朗還是俄羅斯？他們才是死者製造公司的幕後主使……」凱文突然用手封住我的嘴。

「拜託不要亂寫！我什麼都沒說！」

「你說了我就不會亂寫。告訴我嘛！」

「就跟妳說了不知道嘛！美國不讓我們繼續查，這件事就到此為止。」

「難怪檢察官絕口不提骷髏戒指，只是猛打盜嬰集團，還說旺仔失蹤，其實你們根本就已經找到旺仔了吧？」

凱文不置可否，只是輕描淡寫地說：「一張偽造的出生證明，可以用在很多地方。」

我在筆記本寫下：盜嬰集團＝家事服務公司？

「金流！」我突然大聲地說，「要查出誰付錢給家事服務公司不難，找出金流就查得到！」

「金流？」凱文似懂非懂地看著我。

「聽我說，我得到消息，有一個新的洗錢管道叫切秒支付——」

我還沒說完就被凱文打斷：「我真的不想知道。」

「警察就是要查出真相啊！你有點骨氣好不好？」我試圖激怒他。

「有些真相就應該石沉大海，人生才能重新開始。」凱文突然話鋒一轉，「對了，我這裡有兩張電影票，是最近很紅的那部，妳有興趣嗎？」凱文從懷裡掏出兩張電影票。

我看著他，想到我曾經答應陪他去看電影。

「你怎麼知道我也喜歡看電影？」

凱文又露出那個靦腆的笑：「猜的，因為妳滿腦子都是間諜情節！」

我接下他的電影票。是不是凱薩琳的身體又有什麼差別呢？我都和艾利克提分手了。

「讓我想想，票你先留著。」我把票交回凱文手上，起身去結帳。

有些真相就應該石沉大海，人生才能重新開始。那麼，感情也能重新開始嗎？我回頭看了凱文一眼，腦海裡卻浮現艾利克的臉。

如果蘇菲只是個小偷，不是艾利克的未婚妻，她會做出什麼事呢？也許為了查出骷髏戒指的真相，我應該答應和凱文去看場電影。

第七章　艾利克——內線交易風雲（上）

傲慢與偏見

一個燙了波浪瀏海、穿著白色合身旗袍的女人，站在舞台上唱著夜上海，音色酥柔醉人，手上拿著羽毛扇，唱到「酒不醉人人自醉」，白皙的長腿從旗袍開叉處伸出。

我坐在傑克的吧檯前呆呆地看著表演，明明打贏一個大案子，我卻一點興奮的感覺也沒有。

「你為什麼不和蘇菲說實話呢？」傑克不解地看著我。

「她怎麼會看不出來？辨識一個人不是本人太簡單了，他喜歡吃的東西、他走路的方式、甚至是他喜歡的姿勢……蘇菲難道看不出來艾利克不是艾利克嗎？她對我也太沒信心了！」我失望地說。

傑克嘆了一口氣：「你們兩個為什麼老是這樣？就打個電話給對方解釋清楚，有這麼難嗎？」

「那你告訴我到底是誰偷了我的身分跑去跟蘇菲上床，有這麼難嗎？」

「我從不介入客戶間的糾紛。」

「看在我救了約書亞醫師，還讓你不用出庭作證的份上，多給我一點線索嘛！」

傑克露出為難的神情：「我早就說我不能出庭作證了，我是個不存在的人。你為什麼還要說我願意出庭作證？」

「我知道法官想結案，檢察官一說出旺仔失蹤，又一直扯盜嬰集團，我就知道這案子辦不下去了。」

「好吧，看在你這麼厲害的份上，給你一點暗示。你確定艾利克上床的對象是蘇菲嗎？」

「你的意思是，蘇菲的身體裡住著別人？」原本病懨懨趴在吧台上的我，聽到這個暗示，突然精神大振。

「唉，知道一個人不是那個人太簡單了，她喜歡吃的東西、她走路的方式、甚至是她喜歡的姿勢……」傑克幽幽地說。

我忍不住拍桌，大聲地說：「那她在氣什麼？又不是真的艾利克和蘇菲……」

「但她不知道艾利克不知道蘇菲不是蘇菲啊！」

「那我也沒有追究蘇菲知不知道艾利克是不是艾利克啊！」我生氣地把酒乾了，真是小氣無比的女人。

「所以你真的不知道蘇菲不是蘇菲喔？」傑克小聲地問。

「我——」

可惡，我竟然語塞。但仔細回想那個畫面，好像真的只有臉和身體一樣，其他的一切，都不像我跟蘇菲平常會做的事。

「不對啊，艾利克的身體裡住著另一個人，那時候我又不在現場，我當然不會知道蘇菲不是蘇菲啊！蘇菲也不會知道艾利克不是艾利克，因為蘇菲當時人也不在現場，這不就結了嗎？」如果連這種簡單的案子都可以搞得這麼複雜，我這個律師就不用當了。

「等等，如果蘇菲不是蘇菲的話……」我再次確認，回想了一下記憶中的畫面，「那他們為什麼可以直接上床？我的意思是，難道他們早就認識艾利克和蘇菲？」

「保守客戶機密是我的職業道德。」傑克面無表情地說。

「即使跟一椿骷髏戒指的殺人案有關？」

傑克歪著頭想了一下：「有關嗎？也許那只是單純的愛慕。」

「你的意思是，一個喜歡蘇菲的人偷了我的身分？」

「我可沒這麼說。所以你跟蘇菲就這樣分了？」

「就這樣。除非她回來求我原諒。」我賭氣地把酒乾了。

傑克搖搖頭，一副覺得我沒救了的樣子。

「對了，我一直想問你，為什麼那一對喜歡抱在一起跳舞？」我比著舞池上的一對男女。

「那為什麼你和蘇菲喜歡上床？」

我突然語塞：「話不能這麼說……你之前不是說，來這裡就是要租借別人的人生嗎？可是他們每次都膩在一起，要怎麼跟別人交換身分？」

傑克挑了挑眉：「讓蘇菲自己告訴你吧！」

「你們到底有什麼秘密？」我不滿地看著他，傑克偏心不是一天兩天的事了，誰都看得出來他對蘇菲比對我還好。

「那個叫安妮的女人，她在現實生活中只是一個菜籃大媽？」

傑克迴避我的眼神：「是嗎？」

「上次火災——」

話還沒說完，傑克突然打斷我：「你能幫我送一份餐到樓上的房間嗎？今天小班請假。」

「客房服務？」

「嗯，二一三號房。」傑克從廚房端出一盤蕃茄義大利麵。

「你會算我工資吧？按時計費，一小時五萬元。」我開玩笑地說完，便接過義大利麵，走去按了電梯。

轉身酒吧的樓上就是旅館，好幾次我就是在那裡被蘇菲偷了身分。當電梯緩慢上升時，我慢慢回想起，那次蘇菲在蜜月旅行前不告而別，我也是借酒澆愁到了轉身酒吧，然後喝到不省人事。等我醒來的時候，身分已經換回來，而我就躺在樓上的旅館房間裡。

應該有一個人把我抬到樓上的房間，而我醒來的時候身上插著點滴，如果那個點滴是迷幻藥，因此我睡了不只一天，那個對我下藥的人又是誰？我完全忘記這中間發生了什麼事，只記得喝下記憶特調後，艾利克和蘇菲在希臘的小島夜夜纏綿，但那時艾利克身體裡住著誰，完全是個謎。

這件事有這麼重要嗎？如果只看事情的表象，那就是艾利克和蘇菲在希臘度蜜月而已，為什麼女人這麼愛鑽牛角尖？就算我不知道蘇菲不是蘇菲，我也不會對她生氣，只要她的身體沒有背叛我就好了。因此，我覺得對我和蘇菲最好的結局，就是我們都忘了那件事，一切重新開始，但很可惜她並不領情。

電梯門打開，我走到二一三號房，按了門鈴，「客房服務。」我說。

內線交易

有人從房間下面的小門把食物拿走，連聲謝謝都沒說，更別說是小費了。

我覺得無趣，轉身進了電梯下樓，隨手打開網路新聞。今日的頭條是「亞洲最大的金融支付獨角獸切秒支付，因《異週刊》報導股價連日跌停，今日開始暫停交易，檢警兵分三路搜索，股市禿鷹重現江湖」。

切秒支付，我記得那是split second的簡稱，號稱消費者付款，還有支付公司撥款給商家，都可以在半秒內完成。我之前還曾經拜訪過切秒支付，希望能幫他們併下新加坡的另一間獨角獸，那時候還花了點時間研究這家公司。在切秒支付出現之前，特約商家往往要十五天才能拿到消費款，但切秒支付可以做到半天內撥款給商家。因此，它很快就成為亞洲的超級App，可以付款、買比特幣、儲值、匯款之外，還可以購物和叫車，上市以後就連續好幾支漲停。

《異週刊》報導了什麼內容，可以讓一家公司從漲停變成跌停？我選了下方的相關新聞，點了下去：「《異週刊》記者蘇菲因帳戶有不明鉅款進帳，疑用人頭帳戶進行內線交易，檢警今日凌晨約談。」我讀到這裡，差點把手機摔到地上。據我所知，蘇菲是個金融白痴，她根本不會買股票，更不可能涉及什麼內線交易。

我再點了下一個新聞連結，想知道蘇菲到底做了什麼報導：「切秒支付利用位於亞洲的銀行帳戶，以及數個設在免稅天堂的不明公司，進行國際洗錢交易，這些黑錢透過根本不存在的商店進行線上付款，再由各地車手以支付消費款的方式，將錢匯進切秒支付的銀行帳戶，切秒支付將錢支付給根本不存在的特約商店，而這些特約商店的地址經過我們實際訪查，要嘛是英國鄉間的雞舍，要嘛是一片廢墟。」

報導的後面還附上了蘇菲和雞舍的合照，那的確是我認識的蘇菲沒錯。蘇菲什麼時候去了歐洲？我直覺蘇菲一定是被陷害了，趕緊撥電話給她，但她的電話直接轉進語音信箱。我內心閃過一絲不妙，趕緊打給我認識的調查局朋友約翰。

「你是說那個內線交易的記者嗎？艾利克，這個案子你千萬別碰。」約翰說。

「不！蘇菲是無辜的！」

「就像約書亞醫師一樣嗎？」他的語氣裡帶著嘲諷。

「蘇菲不只是客戶，她是——」我突然哽咽地說不出話。

「是什麼？」

「她是我的未婚妻！」

我終於把這三個字說出口，雖然我們目前正在冷戰中。

約翰這時候才收起開玩笑的語氣說：「啊？怎麼會發生這種事？」

「什麼叫這個案子你千萬別碰？你知道些什麼？」

「我們約個時間見面，就你跟我。」約翰口氣一轉，突然變得很嚴肅，我也緊張了起來。

約翰是我的大學同學，後來考上調查員，因為很優秀，一路升到組長，他考試都靠我罩，後來我有案子進調查站，就換他罩我。掛了電話，我馬上衝回酒吧。

「傑克，蘇菲有跟別人換身分嗎？」我焦急地問。

「我不能告訴你。」

「蘇菲涉及內線交易，我根本聯絡不到她！」我把那則新聞給他看。

「那新聞我早就知道了。」

「那你還能這麼鎮定？」

「我不能介入客戶間的紛爭。」

我暴怒：「都什麼時候了！」

「艾利克，剛剛那個客人說吃完了，你能幫我上去收盤子嗎？」

我跳上吧檯，揪住他的衣領：「都什麼時候了！你還指揮我幫你做事！」

傑克一把將我推開：「我從來沒叫你幫我送過餐，你就這麼笨聽不懂暗示嗎？」

暗示？什麼暗示？

「蘇菲被關在裡面嗎？」我看到一絲希望，如果她被關在裡面就好了，表示她是安全的。

「就算她被關在裡面，你也無法把門打開啊！」

「你不是有鑰匙嗎？」

「這違反轉身酒吧的規定，我不能隨便打開房間的門。」傑克真是隻不知變通的固執老狗。

「你只要告訴我裡面住的人是不是蘇菲就好？」

「這也不行！」

我氣到說不出話，轉身上了電梯，衝到剛剛那個房間前面，大力地敲門。

「蘇菲，是妳嗎？妳在裡面嗎？」

沒有人回應。

「蘇菲！蘇菲！」正當我想拿滅火器來破壞門鎖時，小門突然推出一個托盤，上面有吃剩的食物和空盤。我趴在小門下，試圖打開那個門，但那個門只能由內往外推，即使整個人趴在地上，我還是看不到裡面。

「蘇菲，妳又在跟我開玩笑嗎？」

就在我不斷呼喚蘇菲的名字時，我發現托盤上有一張沒用過的衛生紙。

「遠離蘇菲。」衛生紙上歪歪扭扭地寫了四個大字。

我對著門內大叫：「你到底是誰？」

「蘇菲，別再耍我，我這次不會上當了！」

沒有任何回應，就跟剛剛一樣。裡面的人如果不是蘇菲，就是一個被蘇菲偷走身分的人？

「別想用一句話就把我嚇跑，我會找到蘇菲的！」我用力地踹門。

房間裡的人也許是蘇菲，也許不是。但這都不重要，重要的是，我要找到蘇菲的身體，不管裡面住了誰。

我回到酒吧，把那個托盤大力摔在傑克面前，空盤裡的義大利麵蕃茄醬被震得到處都是。「你這個沒心沒肝沒肺的人！」我生氣地對著傑克說。

「沒有任何線索？」傑克看著我。

「給我鑰匙！！！」我跳上吧檯，掐著傑克的脖子。

吹哨者

逼傑克是沒用的，於是我想到了另外一個人。

「艾利克律師……」英格莉不回我電郵、不回我電話，終於在星巴克被我抓到，手上還拿著蘇菲最愛喝的焦糖瑪奇朵。

「蘇菲呢？」

英格莉一聽到蘇菲兩個字，就緊張地左右張望，「社長說，所有人都不能談論蘇菲姐的案子，她已經被停職了。」

我不可置信地看著她：「妳是第一天認識她嗎？蘇菲是那種會捲進內線交易的人嗎？她連個證券戶都沒有！」

「我一直都相信蘇菲姐啊！可是……」

這時候我才注意到，英格莉換了髮型。

「這是給蘇菲的咖啡吧？她在耍我？妳跟她說，去希臘的那個人不是我，有人偷了我的身分，叫她不要再開玩笑了。」

「艾利克律師，蘇菲姐被帶走之後，就沒有再回來了。」

「被帶走？被誰帶走？」

英格莉一副要被我逼哭的樣子。

「別再問了，我只是一個小助理。」

我激動地搖晃她的肩膀說：「那個切秒支付的報導，到底是誰給她的消息？」

「一個穿著旗袍的女人，這我印象很深刻，那是在一間咖啡廳，我陪蘇菲姐一起去……」

「穿旗袍？那個女人長什麼樣子？」

「就……很漂亮。」我聽到這裡，想在手機裡翻找一個人的照片讓英格莉確認，但一時竟然找不到。

「她怎麼給蘇菲消息的？」

「有一台筆電，網路卡已經被拔掉。」

「那台筆電在哪？」

「也被調查員扣走了。」

「調查員？妳怎麼知道那是調查員？」

「他們來的時候有出示證件。」

我想辦法整理混沌的大腦，所以蘇菲不是在整我？

「那個穿旗袍的女人，你們多久前見到她的？」

「大概……三個月前。」

「那妳們拿到筆電以後，做了什麼事？」

「蘇菲姐不讓我碰筆電，她把它鎖在櫃子裡。」

「蘇菲有發現什麼嗎？她跟妳說過什麼？認真地想，一個字都不要漏！」

「蘇菲姐覺得這件事和之前發生的事有關連。」

「哪個案子？軍購案？骷髏戒指？」

「她沒說是哪個案子。」

看著金框眼鏡下那無辜的臉，我發覺自己很失態，趕緊放手。

「對不起，我太激動了。今天就當沒見過我，如果妳有蘇菲的消息，馬上打電話給我。」

英格莉點點頭，用左手推高眼鏡，我注意到她今天畫了眼線，本來已經很明顯的雙眼皮變得更深邃。

那是……蘇菲喜歡用的香奈兒一七四號唇膏？英格莉變得好熟悉，像某個人。

「妳的鞋子……」

「好看嗎？」

「嗯，我都不知道這家出了新的顏色。」我看著她腳上的鞋，雖然沒有規定那個牌子只有蘇菲能穿，但看著英格莉拿著蘇菲愛喝的咖啡，剪了跟蘇菲一樣的髮型，又穿了那個牌子的鞋，一種複雜的情感油然而起。

我突然明白什麼，大聲叫出：「妳是蘇菲？」

「不，艾利克律師，你又誤會了！」

「妳一定是蘇菲！妳擦了她的口紅，還有鞋子！蘇菲喜歡穿這個牌子的鞋子！」我激動地搖晃她的肩膀。

我看了我的手機，蘇菲之前變身成我的時候，還下載了生理週期的App。

「沒錯，妳ＭＣ來了，今天是第二天沒錯吧？」

當我講出這句話時，所有人都轉過來看我。

「平常妳都喝香草拿鐵，只有ＭＣ來的時候，妳才會喝焦糖瑪其朵！」

「我真的不是蘇菲……」英格莉哭了出來。

「妳是！妳就是！」我大聲地說。

「艾利克律師，求求你放開我！」她像受害者那樣大叫，有幾個路人走過來，把我架開。

「嘿！先生，你是不是認錯人了？」

「我沒有認錯！她就是蘇菲！她是我的未婚妻！我之前被她騙過很多次！」

英格莉竟趁亂逃走。「蘇菲！蘇菲！妳不要走！」被路人拉著手臂的我，對著她的背影大叫。

英格莉走出屋簷下，開始奔跑過馬路。外面下著大雨，她竟然穿著那雙鞋。蘇菲很寶貝她的鞋，絕不會在下大雨的日子，穿著一雙幾萬塊的鞋在雨裡奔跑。而且那跑步的姿勢，一點都不像蘇菲。我心一沉，覺得好失望。所以她真的只是英格莉？

我抱起臉，那種數著路燈，離家愈來愈遠的愁悵感又回來。變身這件事給了我不切實際的希望，如果英格莉是蘇菲就好了，我好希望這次又被蘇菲騙了。沒有了蘇菲，也許我也不是自己，只不過是一副艾利克的軀殼而已。我下意識地摸摸屁股，那裡有兩隻親嘴的烏龜。不行，我必須振作起來，蘇菲還在等我去救她，於是我打給約翰。

我和約翰約在一間小火鍋店，兩個人併肩坐在吧檯角落的位置。

「有幾個異常交易的帳戶，明顯是人頭帳戶。」

我斬釘截鐵地說：「她對金融一竅不通，不可能涉及內線交易！」

「艾利克，一千萬台幣啊！這需要什麼金融常識嗎？先用人頭開戶，放空股票，等報導出來以後再把股票買進來回補，這高中生都會做的事。」

「可是她在這方面的知識比小學生還不如啊！」

「但最後賺的錢都匯進她的帳戶啊！」

「把錢匯進一個人的帳戶很容易啊！又不需要取得那個人的同意！」

「但誰會沒事把一千萬元匯進別人的帳戶呢？」

我著急地說：「就是那個想陷害她的人啊！」火鍋的蒸氣讓我陷在一片迷霧裡。

「陷害記者有什麼好處呢？現在看起來，比較像是她跟某個公司的內部人聯手，想在釋放消息前大賺一筆。」

「也許是報復她揭發真相？」

「如果是這樣，她為什麼要行使緘默權？她大可為自己辯護啊！」

我訝異地看著約翰：「她行使緘默權？她身邊有律師嗎？」

「她說不用。」

我堅定地說：「她人在哪？接下來的每場偵訊，我都要在場！」

「那也要她願意委任你啊！她一直很堅持不要律師。」

「那是因為她不知道我在她身邊，你可以幫我去告訴她嗎？說我願意幫她辯護。」

約翰困惑地看著我：「她……不是你的未婚妻嗎？」

「這有點難解釋。我們因為某個原因吵架，已經很久沒說話了。」

「原來是這樣。」約翰應該是很認真在思考我們的友情幾兩重，才會連水溢出來了也沒發現。「你確定你了解她嗎？」

「什麼意思？」

「也是有很多人結婚十幾年後，才發現對方原來是什麼樣的人。」

「我當然了解她，她的確是很常騙我，但那是有原因的，我知道她很善良，不可能犯法。」

「這案子不是我主辦，但我會想辦法幫你帶訊息，如果她還是堅持不要律師，那我也沒辦法。」

「謝謝你，這樣就夠了。」

「對了，那個吹哨者，如果你能從她口中問出來的話……」

我腦海中浮現「那個人」的身影，他離開事務所之後，我們就沒有再連絡了。

「我會試試。」

因為某種直覺，我沒有告訴約翰關於賈斯汀的事。就像英格莉說的，如果切秒支付和軍購案或骷髏戒指案有關，而蘇菲知道了什麼，那保持緘默的蘇菲，應該在保護某個人。

我想到那個在浴缸被吹風機電死的人，開始相信這不是蘇菲在跟我開玩笑，像我變成珊蒂那樣。約翰不可能配合蘇菲一起來騙我，我相信蘇菲真的被帶走了，如果真如英格莉所說，切秒支付和另一個案子有關，那蘇菲可能會有生命危險。

而此刻的我又該從何開始，才能成功地解救蘇菲？轉身酒吧樓上房間裡的人又是誰？總覺得這次和之前不一樣，因為完全不知該從何下手，一點線索也沒有。

對了，並非完全沒有線索！我突然想到，轉身酒吧樓上旅舍裡關了一個人，他一定知道些什麼。

房裡的人

這次我已經有備而來，從容地走進轉身酒吧。

「傑克，你今天需要幫忙嗎？小班是不是又請假？」我非常熱情地看著傑克，但他卻一臉詭異地看著我。小班當然不在，我拿了蘇菲給我的住宿券，叫他去南部玩二天再回來。

傑克沒好氣地說：「你忘了上次對我做了什麼事嗎？」

「有嗎？我做過什麼事？」也不過是想揍他，最後被一群人拉開而已。

「這是二一三號房的客房服務——」

他還沒講完，我就整盤搶走，衝去搭電梯。到了二一三號房門口，我敲了門，下面的小門被推開，我把餐盤緩緩推入，然後打開我的手機。我看到了他的臉。

「凱文警官？」我一喊出名字，房裡突然變得鴉雀無聲，連一點腳步聲也沒有。

「是蘇菲叫你寫字條給我的？」

他還是不說話。

「她叫你不能開口說話，是要讓我以為在裡面的人是她？」

「你就是艾利克？」凱文警官終於說話了，那聲音又細又小，好像怕誰聽見。

「對，我是她的未婚夫，那你跟她又是什麼關係？」

「你竟然在餐裡面放針孔攝影機！」他終於恢復正常音量。

「少廢話了，為什麼叫我遠離蘇菲？」

「那是蘇菲交待的，我都是照她說的做。」

「蘇菲有告訴你她去哪裡嗎？」

「她說她要去揭發真相。」

「哪件事的真相？」

「關於製造死者身分的公司。」

「她怎麼會知道真相是什麼？」

凱文停頓了一會兒，我討厭等待，有一刻我真想把門拆掉。

於是我趴在地上，對著小門大叫：「為什麼不說話？快點回答我！」

還是沒有回音。

就在我試圖把那個小門往反方向推開的時候，門打開了，我抬頭往上看，原來那個警官長那麼高，而我像狗一樣趴在地上。我趕緊跳起來。

「你沒有被鎖住？也不早說！」我發現自己整整矮他半顆頭。

凱文把我拉進房間，神祕地把門關起。

凱文小聲地說：「我把知道的全都告訴她了。」

一個像竹竿的人，講話卻輕聲細語，蘇菲絕對不會喜歡這種奶油小生的。我像充滿戰鬥力的公孔雀，看著我的潛在情敵。

「你告訴她什麼事？」

「關於骷髏戒指和家事服務公司……」

我嗤之以鼻地看著他：「我還以為是什麼了不起的事。那些事是我告訴她的！」

「喔，你是那個出車禍的律師！」

他到現在才認出來嗎？眼力真差。

「對，骷髏戒指的事，是我先告訴蘇菲的。」

凱文露出困惑的眼神說：「但那件事是凱薩琳查到的。」

凱薩琳？所以他還不知道凱薩琳是蘇菲？我也困惑地看著他：「你知道你現在在哪裡嗎？」

「不是一間旅館嗎？」他用右手食指從鼻樑間把眼鏡推高。

「你應該知道這不是一間普通的旅館吧？蘇菲是怎麼把你帶進來的？」

「她是從安全梯帶我上來的。」

「所以你不知道樓下是轉身酒吧？」

「轉身酒吧？」凱文聽到這四個字，努力睜大他單眼皮的小眼睛。

我現在懂了，蘇菲是為了讓我相信她被鎖在裡面，才叫他躲在這裡，而傑克一定有幫忙。

「蘇菲有給你一個錢幣嗎？」

凱文從床頭拿起一個舊錢幣說：「你是說這個嗎？」

那就對了，蘇菲帶凱文進到鏡像空間，卻沒有告訴凱文關於轉身酒吧的事。

原來傑克不是真的見死不救，說什麼不介入客戶糾紛。為什麼他對蘇菲就這麼偏心。

「你還有跟蘇菲說什麼？」

「我只是告訴她，那些工程師想把美國的秘密賣給伊朗，所以有人想殺了他們。」

「什麼秘密？」如果凱文知道的是這種消息，那蘇菲可能是為了保護他，才叫他躲在這裡。

「我不知道，所以蘇菲才要去找答案。」

「就算是這樣，這案子和切秒支付有什麼關係？」

「蘇菲相信切秒支付是一個洗錢管道，所以她要去找切秒支付洗錢的證據。」

「那你跟蘇菲——」我看著那張床，覺得全身的血液都發酸，像忘了放軟木塞的紅酒。

凱文突然大笑起來：「蘇菲說的太準了！」

「她說什麼？」

「她說艾利克發現以後一定會醋勁大發，因為艾利克非常非常地小氣、無腦又好騙。」

「小氣、無腦又好騙？她是這麼跟你說的？」

「她又說，絕對不能讓你知道我跟她去看電影，又跟她睡同一張床。」

「你跟她去看電影，又睡同一張床？」我覺得房間溫度瞬間升高。

「她還說，你一旦知道了，會不顧一切地去救她，因為你深愛著她。」

聽到這句話，我紅了眼眶。

「那你又為什麼決定把門打開？」

「因為我也無腦地喜歡上她，即使知道她愛的是別人。」聽到這句話，我握緊拳頭。

「別誤會，不是那種喜歡。我們沒有做什麼事，即使是睡在同一張床上。」

他是針灸師傅嗎？哪裡痛往哪裡扎。

「蘇菲很照顧我。」他又從鼻樑推高眼鏡，別以為眼睛小我就看不到他的心思，這狡猾的男人，竟想用裝無辜讓我疏於防備。

「對了，蘇菲說，這個硬碟交給你，是用你的指紋加密的。」

「我的指紋？」這又是哪一次變身的傑作？

凱文小聲地說：「她說你看了就知道。」

就在此時，約翰打了電話給我：「我知道蘇菲被關在哪裡了。」

第八章　艾利克——內線交易風雲（下）

蘇菲的發現

和蘇菲再見面，是在一間旅館裡。

有人把整棟賓館包下來，蘇菲沒有像一般的羈押犯一樣被關起來，相反地，她住在一間單人房，可以自在地走動，只是外面有刑警看守，門口坐著兩個調查員。

「不走羈押程序就可以把一個人關起來，難道台灣是警察國家嗎？」當約翰找到蘇菲，並且告訴我蘇菲的處境時，我幾乎無法相信自己聽到什麼。

約翰理直氣壯地說：「我們用的是證人保護法。」

「蘇菲是證人不是被告？」

「在別人的案子，她是證人。」

我氣急敗壞地說：「不要老是用這招！如果是這樣，那我要看證人保護書！保護的必要理由是什麼？誰請求保護的？蘇菲有允許你們把她軟禁在一間賓館嗎？」

「艾利克，不要一直用『你們』，我現在是在幫你。」約翰沒好氣地說。

「你先用『我們』，我只是順著你的話。」

「是兄弟才告訴你。只要問出吹哨者的身分，她就可以被放出來了。」

「吹哨者？」我突然懂了，是軍購案。

約翰讓我躲在他車子的後座，他的車開進賓館，我下了車，接下來的一切我只能靠自己。於是我在那裡觀察了一天，發現這裡的門禁並不森嚴，連賓館裡的員工都繼續在裡面工作。如果是這樣，要見到蘇菲並不困難。

變身不是變換身分唯一的選項，有時候你只需要弄昏一個人，再偷走他的制服即可。

「房務清潔。」我穿著清潔人員的制服，戴著口罩，推著一台房務人員慣用的推車和一台吸塵器，一間一間地敲門，重複說著這四個字。

為了要和蘇菲見上一面，我必須先刷五間廁所的馬桶，終於到了最可疑的那一間，因為整排房間只有那間門口坐了兩個滑手機的便衣人員。他們頭也不抬一下，就直接放我進去。

一進房間，我就把門關起，打開吸塵器，讓轟隆轟隆的聲音蓋過所有聲音。

「蘇菲？」我輕聲喚著她的名字。

蘇菲就站在窗邊，一聽到有人叫她的名字，便轉過頭。她的身形清瘦許多，因為久未見光，或是我的心理作用，總覺得她的面色特別慘白，除此之外，就是我熟悉的那個蘇菲。

「是我！」我小聲地說完，拿下口罩。她馬上就衝過來，用手封住我的嘴，比了一下天花板，我看到上面的燈閃著紅點，猜想那裡應該裝了監視器，趕快把口罩戴回去。

接著，蘇菲比著廁所的方向。於是我鎮定地推著吸塵器走到廁所邊，蘇菲走進廁所，迅雷不及掩耳地把我拉進去，關起門。

「艾利克？」她困惑地看著我。

蘇菲緊緊地抱住我，我也抱住她。

「你還是來了！」

「我怎麼可能丟下妳？」

一聽到這句話，蘇菲突然把我推開說：「你快走！趁他們還沒發現之前趕快走！」

「我好不容易才混進來，怎麼可能現在走？」

「這太危險了，艾利克，這一切遠比我們想像得要複雜得多！」

「妳不該保持緘默，妳應該把事實說出來！」我很快就回到律師的專業，「關於內線交易，有信賴關係理論和私取理論，而妳只是一個記者——」我還沒說完，就被蘇菲打斷。

「他們問我的不是內線交易。」

「妳不是因為內線交易被抓進來的？」

「是張子敬的命案。他們問我吹哨者是誰。」

「因為妳不願意把賈斯汀供出來，所以才保持緘默？」

我現在懂了。

蘇菲肯定地說：「切秒支付就是軍購案佣金的洗錢管道！」

「我知道。妳叫凱文給我的硬碟裡，有切秒支付的交易資料。」

「那是賈斯汀給我的。」

「可是英格莉說，賈斯汀給妳的筆電被調查員帶走了？」

「我早就換了硬碟。」

「但妳怎麼會有我的指紋？」

「成為艾利克的第一件事，當然是複製艾利克的指模啊。」蘇菲理所當然地看著我。

這樣比起來，我成為蘇菲的第一件事，竟然是用她的帳號追蹤色情網站，實在是虧大了。

「可是，妳怎麼會去放空切秒支付的股票？」

「那不是我，我是被陷害的。」

「跟軍購案有關？」

「我不知道。一定是有某個人想陷害我，但我不知道原因。一開始，我還以為順著切秒支付查下去，可以查到骷髏戒指案的買兇者，到底是誰指示家事服務公司，把戒指放進工程師的口袋裡。」

「但後來卻意外查到軍購案的佣金洗錢證據？」

「現在連張子敬的命案也來插一腳，我不知道自己到底得罪了多少人。」

此時外面傳來開門聲，蘇菲把門打開，我把水孔塞住，故意讓淋浴間淹水，蘇菲則走回窗邊。

一個便衣走進來問：「怎麼掃這麼久？」

「排水孔有點塞住。」我對著便衣說。

「快點。」便衣看到水淹到外面，不疑有他地轉身離去。

等便衣一走，蘇菲便拿起衛生紙，向著窗戶寫字，再丟進垃圾桶，在她寫字的時候，我用吸塵器吸著地板。當我彎下腰收垃圾時，她也彎下腰撿東西，有那麼一刻，我們同時蹲下，於是我們再也忍不住，躲在書桌下吻了起來。

我不捨地放開蘇菲，幽幽地說：「蘇菲，我真的很想妳。在希臘的艾利克不是我！」

蘇菲溫柔地告訴我：「在希臘的蘇菲也不是我，早在那之前，我就已經和凱薩琳交換了身分！」

「但那還是艾利克和蘇菲的身體啊！我們忘掉這件事好不好？」

蘇菲擦掉滑下的眼淚，點點頭。

「我有事要跟你說。」

就在蘇菲還想說話的時候，外面傳來敲門聲。

「我會先把妳救出去，等我！」我起身戴起口罩，若無其事地推著吸塵器走出門。

離開了蘇菲的房間進了電梯，我注意到電梯也有監視器，於是我一直等到走到垃圾場，才偷偷地把她剛剛丟下的衛生紙，從整袋垃圾中挑出來，放進口袋裡。衛生紙上寫著：「軍購案的佣金流進了自己人的口袋。」

那天晚上，我離開了那間旅館。臨走前我回頭看了一眼，蘇菲房間的燈依舊亮著，人影倚窗，我不知道她看不看得到我。

也許作為有變身能力的律師和記者，尋找真相是我們與生俱來的重擔，為了真相，我們不斷成為另外一個人，靠近了真相，卻遠離了彼此。但我有危險的時候，她會奮不顧身地來救我，她有危險的時候，就算她人在月球我也能找到她，這就是艾利克和蘇菲，看著遠處那一抹昏暗的光，我知道再絕望的時刻，都有不滅的希望。

於是我帶著蘇菲給我的衛生紙，展開艾利克救援蘇菲的計畫。我把第二張衛生紙小心翼翼地收在皮夾裡，因為上面寫著：「我愛你。」

浮出水面

我把軍購案的所有鏡像事件再重新讀一遍：尹清楓案、慶富案、還有我自己處理過的案子。尹清楓案死了十四個人，但最關鍵的吹哨者——當初檢舉這個弊案的人卻沒有死，為什麼？想通了一切，我又打電話找約翰見面，我們坐在信義區某個戶外咖啡座。

「你問到了？那個吹哨者的身分？」

我轉動著咖啡杯，抬頭看他。

我們兩個一直是我罩他、他罩我的關係，某種程度其實也是一種利益交換，他需要業績，我需要內線。

「你是故意放我進去問蘇菲的吧？因為你們拿回去的硬碟裡面什麼資料也沒有。」

約翰點了一根煙。

約翰問我：「你什麼時候開始變成這樣的？」

「變成怎樣？」

「變成他媽的正義使者，你以前不是這樣。」

我笑笑：「我以前……很壞嗎？」

「非常壞，為了達到目的不擇手段。」

「如果是這點，我倒是從來沒變過。」我跟他討了一根煙，「我們來交換條件吧！」我吐了口煙。

「什麼條件？」

「我有收賄的名單以及所有金流的證據。如果蘇菲出事，名單就會見報。」

約翰也吐了口煙：「那你的條件是什麼？」

「我告訴你吹哨者是誰，你告訴我是誰陷害蘇菲，讓她變成內線交易的嫌疑人。」

「不是我不想告訴你，是我真的不知道。」

我拍桌說：「你怎麼可能不知道？是你們用內線交易當藉口發傳票，之後還用張子敬的案子，以證人的身分把她軟禁起來！」

約翰罵了一句髒話後說：「你確定她真的是被陷害的嗎？」

「什麼意思？」

「一千萬匯進她的帳戶！誰會做這種事，把一千萬匯到別人的戶頭裡？」

「你們這哪缺這一千萬？」

「不是金額大小的問題。我用張子敬的案子就可以把她軟禁在賓館，你覺得抓一個記者這麼簡單的事，有需要大費周章損失一千萬嗎？」

約翰說的不無道理。但如果不是因為軍購案，蘇菲又得罪了誰？

約翰說：「你的記者女友口無遮攔亂寫，得罪太多人了！但如果你告訴我吹哨者是誰，至少她可以被放出來。」

我點點頭。即使身經百戰，要說出接下來的話，還是覺得緊張。花了二天，我終於想清楚蘇菲在我心中有多重要。來之前我早就下定決定要這麼做。

我緩緩地道出那五個字：「我是吹哨者。」

約翰聽了，突然被咖啡嗆到，吐了滿地。

「你在說什麼？」

「我是瑞陽的律師，你忘了嗎？」

「你？怎麼可能⋯⋯」

我拿出一個硬碟，對著他說：「這是我交給蘇菲的，用我的指紋上鎖，所以她也打不開，她沒有看過裡面的資料，蘇菲跟這件事沒有關係。」

約翰狐疑地看著桌上的硬碟。

「你們厲害的資訊人員應該可以查出加密的時間，早在蘇菲被你們抓走之前，硬碟就已經用我的指紋上鎖了，那台筆電是我交給蘇菲的。她被你們抓走之前，把硬碟拆下來，換了一個空白的硬碟上去。」

約翰拿起硬碟，半信半疑地翻看。

「等蘇菲放出來，我才會幫你們解鎖。但硬碟你可以先收著。」我一口把咖啡喝完，拎起外套，在桌上丟了五百塊。

約翰坐在椅子上，斜眼抬頭看我：「你知道一旦成為吹哨者，這輩子會過著什麼樣的生活嗎？」

我笑笑：「應該是生不如死，但不會死。」講完這幾個字我就離開，丟下眼神呆滯的約翰。

讀完所有的鏡像事件，我得到一個結論：尹清楓案裡，有一些大到不能死的人，而我和蘇菲，必須成為那樣的人。

審判

蘇菲以被告身分被詢問的前一晚，我幾乎無法入睡，重複演練著明天的問題，而這一刻終於來到。國內外記者把旁聽席擠得水洩不通，法院甚至例外開了兩間同步視訊區。

我的策略很簡單，必須讓整個案子看起來就像一個股市禿鷹案，而蘇菲被判無罪。當審判長點名的時候，我從椅子上站起，點開投影螢幕。

「蘇菲小姐，妳有沒有在這個購物網站買過性感內衣？」我在螢幕上打出知名購物網站的頁面，並且事先用她的帳號登入。

蘇菲看著我，愣了一下。檢察官馬上舉手：「請問這個問題與本案的關連性是什麼？」

「被告的帳號就是因為這個購物網站才會外洩，這當然有關連。」

「被告現在不是他案證人，可以選擇不回答。」審判長裁示。

「有。」蘇菲爽快地回答。

「在買內衣的時候，妳用什麼方式付款？」

「我用切秒支付。」

「也就是說，妳本人是切秒支付的用戶？」

「是。」

「那妳怎麼加值切秒支付的錢包？」

「我把錢包連結到我的銀行帳號。」

「也就是說，切秒支付擁有妳的銀行帳號？」

「是。」

接著，我拿出手機，在手機上按了幾個鍵，法庭裡此起彼落地傳來震動聲，有些人偷偷點開通話裝置。

「現在，我匯了〇．〇〇〇〇〇〇〇〇一顆比特幣到各位的帳戶裡，我想大家應該都收到了。」

這時候，國民法官席許多人點開手機，最後連審判長和檢察官都點開手機察看。

「○・○○○○○○○○一顆比特幣連一張衛生紙都買不起，這應該不算行賄吧？」

「異議！」檢察官大聲地說。

我問：「被告沒有準用證人的詰問程序，請問您現在是用刑事訴訟法的哪一條來異議？」

「辯護人，你已經違反律師倫理。」審判長嚴肅地說。

「請問我違反什麼倫理？送每個人三分之一張衛生紙嗎？」

「你未經我們同意，就匯款到我們的錢包帳戶，這不是金額大小的問題。」

「那麼，審判長現在應該很能理解蘇菲小姐的痛苦。在未經蘇菲小姐的同意之下，有人匯了一千萬元到她的錢包帳戶。」

「○・○○○○○○○○一顆比特幣和一千萬元怎麼會一樣？」檢察官直接站起來駁斥。

「剛剛審判長已經說了，這不是金額大小的問題。」

我一講完，全場一陣靜默。

「生在這個個資保護形同具文的年代，我們每個人的帳戶資訊都是透明的。

檢察官大人，我應該不用告訴您，您的手機號碼是在那個東南亞賭場的個資外洩事件被賣到暗網的吧？」

檢察官像吃了啞吧藥，乖乖的坐下。

「各位，我之所以能匯款給你們，是因為在這個年代，只要知道一個人的手機號碼或社群帳號就可以匯款了，我甚至不需要知道他的銀行帳號。」我說完，大家左右互看，露出一副害怕的表情。

「那麼，如果要栽贓一個人這麼容易，是檢察官應該要證明收到鉅款的被告有犯罪，還是被告自己要證明收到鉅款是被別人栽贓？」

我看到國民法官開始筆記，就知道我的第一步成功了，我必須先把舉證責任畫分清楚，如果檢察官無法證明匯出帳戶和蘇菲有關，蘇菲就應該無罪。

接著，我轉向聽眾席：「那麼，接下來我還需要說出是哪一位把手機號碼留給按摩師，又是哪一位在購物網站買了情趣用品，所以我才會得到各位的手機號碼或錢包帳號，因此匯了〇．〇〇〇〇〇〇〇一顆比特幣給各位的嗎？」

全場鴉雀無聲，三十秒後，審判長說話了。

「辯護人，你的演說很精彩，但我聽不出有任何要詢問被告的問題。」

此時我才轉頭面向蘇菲：「蘇菲小姐，妳最近一次買賣股票是什麼時候？」

「我沒有在買賣股票。」

「也沒有家人在幫妳操作股票嗎？」

「沒有。」

「那妳有沒有用人頭，在寫切秒支付的報導前後，買賣過切秒支付的股票？」

「沒有。」

「妳什麼時候知道帳戶裡收到一千萬元？」

「在警察問話的時候。」

「在這中間，妳有沒有確認過妳的銀行帳戶？」

「沒有，我很少查餘額，反正錢夠用就好。」

「所以，這一千萬是匯進你連結到切秒支付的那個銀行帳戶嗎？」

「是。」

「就妳所知，有任何人可能匯一千萬給妳嗎？」

「沒有，我想不到任何理由會得到那筆錢。」

我轉向審判長：「請各位回想一下，上一次您主動查帳戶餘額是什麼時候？在這個數位時代，我們每個人都可能落入被告的處境，要陷害一個人並沒有想像中困難，但捨得花一千萬陷害別人的人，大概也有能力讓現場任何一個人憑空消失。」我轉頭看向審判長，「謝謝，我的問題問完了。」

我看到檢察官面色如土。

審判長心裡有譜，我也是一樣，不會有人敢往下追查這一千萬的來源。

此時，我以為終於可以卸下心中的大石，走回座位，和蘇菲交換了一下眼神。

我大概可以預料之後的發展：檢察官會向律師公會檢舉我不遵守律師倫理，而新聞會開始討論匯○．○○○○○○○○一顆比特幣給審判長和國民法官是否構成行賄，接著關於艾利克律師的懲戒結果會出爐，但這件事會被默默放下，因為沒有人想讓艾利克律師，把他幾點幾分上過酒店的事公諸於世。這世界就是這樣，無法解決兒童因為戰爭而死去的問題，卻在○．○○○○○○○○一顆比特幣間無限糾結。

我在串流平台看過一部紀錄片叫《金融醜聞》，那是關於德國的威卡公司如何成為德國之光，又如何掏空詐騙的故事。切秒支付是不是威卡的鏡像事件，誰知道。我只知道，蘇菲絕不可能涉及內線交易。

身陷危機

十日後，法庭裡。

上次開庭，我用〇・〇〇〇〇〇〇〇〇一顆比特幣把他打得落花流水，以為這案子可以辯論終結了，沒想到檢察官竟然提了新的證據。

「蘇菲小姐，妳如何證明自己就是蘇菲？」檢察官第一個問題，就讓我很無言。

我不耐煩地舉手。「請問這是什麼問題？」

「這是辯護人要求的啊，所有事情都應該追根究柢。如果被告帳戶裡的錢不是被告的，那我們是不是也要證明被告是被告、椅子不是桌子、桌子不是椅子？」

「我沒有這麼說，我說的是，檢方對被告帳戶裡的錢是被告所有，應該負舉證責任。」我直接坐在椅子上回答這個很蠢的問題。

「看來，辯護人一定又會說被告沒有在新加坡銀行開戶吧？」

我愣了一下，蘇菲怎麼可能在新加坡銀行開戶？

「被告在國外開戶，用台灣帳戶裡的一千萬元作擔保，以內保外貸的方式，在國外從事期貨交易。因此，表面上被告沒有動用台灣帳戶裡的一千萬元，但實際上，被告已經用那些錢作擔保，在國外帳戶操作期貨，操作績效還不錯，這是最近一期的銀行對帳單。」檢察官轉向螢幕。

我突然無語。什麼內保外貸？蘇菲怎麼可能在國外從事期貨交易？

「我沒有在國外開戶！」蘇菲自己澄清。

「等等，我還沒問妳問題。」

「異議！」我站了起來，「這是突襲！證據清單裡沒有這一項！」

檢察官說：「大律師，我記得你之前才說過，被告訊問沒有準用證人詰問程序，請問你現在是用哪條來異議？」檢察官轉頭看向審判長，「報告審判長，我們溝通了很久，好不容易跟國外銀行要到資料，今天早上才傳過來，很抱歉沒有事先提出。」

我馬上接著說：「那我們就下次開庭再調查這個證據，我需要時間和當事人討論。」

「檢察官，你只有這個新證據要調查嗎？」

「是的。」

審判長的臉看起很糾結，我知道大事不妙。

「那我們先休庭十分鐘，辯護人你可以趁這十分鐘跟你的當事人討論。」

十分鐘？又不是在美國法院，怎麼還有休息十分鐘這種事？我本來想繼續爭執，但審判長已經起身。

我把蘇菲帶到角落，氣急敗壞地問她：「蘇菲，這是什麼帳戶？」

「我不知道，我真的不知道有那個帳戶！」

我焦慮地在走廊上走來走去。如果蘇菲有「使用」帳戶裡的錢，那就會證明她早就知情。我那時候只注意到帳戶裡的錢沒有被動過半毛，卻沒想過這筆錢可能成為擔保品，這也是另外一種用錢的方式。我已經沒有時間追究真相，事到如今，也只能要賴了。於是我打開手機，開始輸入字串。

十分鐘結束，我們又回到法庭，這次換我問蘇菲。我拿起黃色筆記本，站了起來。

「蘇菲小姐，妳曾經去過新加坡嗎？」

「沒有。」

「也就是說，妳從來沒有跑到新加坡去開戶？」

檢察官舉手說：「新加坡銀行可以接受線上開戶，人根本不用去到新加坡。」

我不悅地看向愛插嘴的檢察官：「可以讓我把話說完嗎？」

接著，我在法庭螢幕播放了一段影片。

「蘇菲小姐，請問影片裡的人是妳嗎？」

蘇菲愣了一下：「是，可是——」

我馬上打斷她：「在座各位有任何人否認這件事嗎？」

我看到國民法官左右互看。

「在這邊公布答案，其實裡面的人不是被告，那是我用生成式ＡＩ做成的被告影片。」

我一講完，聽眾席竊竊私語。

「各位還記得上次掃臉打開手機、轉帳、付款是什麼時候嗎？是十分鐘、一小時還是一天前？在一個掃臉就可以生存的年代，大家有沒有想過，如果生成式ＡＩ可以生成我們的視訊影像，那麼偽冒一個人在線上開戶，是很困難的事嗎？」

我再轉回，面對蘇菲：「蘇菲小姐，妳曾經買過任何金融商品嗎？」

「沒有。」

「妳曾經操作過期貨嗎？」

蘇菲又搖搖頭。

「妳知道什麼是內保外貸嗎？」

「不知道。」

「那我就要很抱歉地告訴檢察官，雖然你不用證明桌子不是椅子，但請你證明新加坡的帳戶是蘇菲小姐開立，而不是被冒用其視訊影像開立的人頭帳戶。」

檢察官又舉手：「蘇菲的帳戶不是蘇菲開立的，難道是鬼去開的嗎？」

我瞪了檢察官一眼：「我還沒說完。蘇菲小姐，妳銀行帳戶的密碼是幾號？」

「啊？」蘇菲不可置信地看著我，好像我要她在所有人面前把密碼說出來，是一件很瘋狂的事。

蘇菲說了一串數字。

「每個銀行帳戶的密碼都一樣嗎？」

她猶豫了一下：「是。」

我看著審判長。

「那麼，我們現在來用這個密碼登入新加坡銀行帳戶，看看是不是可以成功登入。」

檢察官又舉手。「說不定被告的這個帳戶，故意選擇不同的帳密，不能登入也不代表什麼。」

「那麼，我聲請調查網銀登入的log紀錄，看看登入的ＩＰ位址是不是和被告的行為足跡相符。」

審判長皺起眉頭：「調查log紀錄？」

這意思就是他不能用十分鐘來敷衍我，這案子還不能結。

事實是，如果真的要查ＩＰ，這案子大概十年都結不了，因為國外銀行才不會理會一個台灣法院的要求。

我說完便走回座位。

「檢察官，如果新加坡帳戶這個要列入證據調查，你能請新加坡的銀行提供Log和歷次登入的ＩＰ位址嗎？」

「這個……」

「我們訂下一次庭期。檢察官，你拿到這些資訊需要多久的時間？」

「我們盡力，但國外銀行不一定願意提供這些資訊……」檢察官面有難色地說，「但帳戶確實是用被告的名字開立！」檢察官補充。

我站了起來：「我可以生成檢座的ＡＩ影像，用檢座的偽造視訊畫面幫他開一個新加坡帳戶，要試試嗎？如果審判長和檢座願意免除我被懲戒和刑事追訴的風險，我可以展示一下做這件事有多容易。」

「這絕對不行！」檢察官毫不考慮地說。

看來，在收到○．○○○○○○○一顆比特幣後，大家對我的駭客能力十分有信心，甚至感到害怕。

「檢察官，我可以同意你聲請調查這個證據，也可以給你足夠的時間去蒐集證據。」審判長說。

氣氛凍結了十秒。

「我撤回調查證據的聲請。」檢察官有氣無力地說。

聽眾席一片嘩然。

「你確定嗎？」審判長再確認一次。

「確定。」

審判長裁示：「本次關於新加坡帳戶的調查程序，不列入筆錄，請國民法官忽略所有相關陳述。」

走了一步險棋，此刻我終於放下心中大石。其實那根本不是蘇菲的生成影像，我怎麼可能在這麼短的時間內，就用人工智慧生成蘇菲的影像，那其實是我錄下的蘇菲影片。

我之所以會那麼有信心，是因為以我對新加坡銀行的了解，他們絕對不可能提供檢察官蘇菲的銀行對帳單，那些大到不能倒的國外銀行，根本不理會台灣檢調機關的要求。而那張對帳單，一定是某個人提供給檢察官，檢察官根本不可能跟銀行調到Log的登入紀錄。

二個月後，因為罪證不足，蘇菲的內線交易獲判無罪。

我鬆了一口氣。下一個問題是，到底是誰把一千萬匯進蘇菲帳戶，還幫蘇菲在新加坡的銀行開了戶，而且把銀行對帳單提供給檢察官？我所能想到的人只有凱文，他是第一個知道蘇菲在查切秒支付的人，警察和檢察官又常常會連絡，但蘇菲堅持不可能，一直袒護他，我們為了這件事又大吵一架。

誰才是蘇菲

三天後，英格莉突然來找我。我從監視器畫面看到她，猶豫了一下，還是把門打開。

「又是蘇菲叫妳來的？」

「艾利克，我是蘇菲。」英格莉用左手推高眼鏡，她依然用了蘇菲喜歡的化粧品，香奈兒一七四號的唇膏，大地色的眼影。

「有沒有新一點的招數？這招用很多次了。」

我意興闌珊地讓她進門。

「很好，妳是蘇菲。然後呢？」

「對不起，我真的很愛你，你能原諒我嗎？」

英格莉突然抱住我。那一刻我的心顫動了一下。然後英格莉吻了我。

我有點掙扎，她的臉明明就是英格莉，而且我和蘇菲還在冷戰中。慾望讓我動搖了。她真的是蘇菲？就在我猶豫不決的時候，她把我撲倒在沙發上。

八九不離十了，因為蘇菲老是用這種方式和好。英格莉的一切幾乎和蘇菲一模一樣：姿勢、體位、順序。

「妳幹嘛又變身？」

「我怕你一看到我，就不讓我進來。」

「沒錯，我還在生氣。」我假裝賭氣。

「不要氣了嘛！我知道錯了！」英格莉嬌嗔地說。

我真的很沒用，馬上就把她翻過去，火熱地吻著她全身。

等等，我恢復了百分之〇·〇〇〇一的理智。就在一觸即發的瞬間，我推開了英格莉。

「蘇菲，我會一直在這裡等妳回來，不管這次妳變成誰，不管是兩個禮拜、一個月還是十年——」當我講到這裡時，英格莉用熱切渴望的眼神看著我，等我說下去。

我從床上跳起來。「妳不是蘇菲！」

英格莉愣了一下。

「艾利克，你怎麼了？」

「不！妳不是蘇菲！蘇菲在哪裡？」

英格莉突然露出痛苦的眼神：「沒錯，我不是蘇菲姐。是蘇菲姐叫我來的，她最後還是選擇了長得像文森的凱文，要我跟你說對不起。她還說，只要讓艾利克相信，有一個人的身體裡住著蘇菲就可以，但那個人是不是蘇菲，一點都不重要。所以她要我取代她來照顧你。」英格莉像之前一樣，露出柔弱無助的臉。

我後退兩步，「所以文森是她的——」

「初戀情人。」英格莉說。

「凱文長得跟文森一模一樣？」

「所以請你不要怪她。」

我痛苦地搖頭：「她怎麼可以這樣？」

「她還說，反正你都跟凱薩琳上床了，這也不是第一次……」

「那不一樣！那時候凱薩琳的身體裡住著蘇菲！」我辯駁說。

「那只是你相信『凱薩琳的身體裡住著蘇菲』，誰知道真相是什麼？」

「妳的意思是，那時候凱薩琳不是蘇菲？」

「我的意思是，你相信什麼，比事實本身還重要，不是嗎？」

不是，當然不是！很多真相都不重要，但誰是蘇菲這件事很重要！

可是英格莉說的沒錯，的確有一個人叫文森，而且蘇菲一直絕口不提那個人是誰。如果不是初戀情人，她為什麼無法跟我坦白？

「蘇菲叫妳來取代她？」此刻我覺得好痛苦。

「你還記得那天你來咖啡廳找我嗎？」

我想起來，那天她擦了蘇菲最愛的香奈兒一七四號唇膏。

「蘇菲姐把她的一切都告訴我了，包括她喜歡穿的鞋子、喜歡用的化粧品色號，還有點泰國菜的時候會註記不要辣，點燒肉飯會註記不要洋蔥，點筒仔米糕會註記不要香菜，她說我是她的分身，這樣她才可以同時照顧兩個男人——」

我打斷她：「夠了！不要再說了！」

我穿起衣服站了起來：「告訴蘇菲，她在我心中是無可取代的，不要想這樣就打發我，天涯海角我都會找到她！」

「很晚了，妳回去吧！」

英格莉的表情變得很嚴肅，接著突然笑出來：「艾利克，我剛剛是騙你的！」

我看著英格莉的眼睛。騙我的？什麼意思？

「你又被騙了！我真的是蘇菲啊！」英格莉露出天真的眼神。

火燒酒吧

英格莉好整以暇地從沙發上起身穿衣，戴上眼鏡。

「妳是蘇菲？」我又困惑了。

「你屁股上有兩隻親嘴的烏龜，沒錯吧？」

我下意識地摸了自己的身體，那裡平常用衣服蓋住，像英格莉那樣的外人是不可能看得到的。所以她真的是蘇菲？

「還有這個戒指！」英格莉伸出手，我才發現她手上戴了之前我送給蘇菲的戒指。

我看著英格莉的眼睛，想了一下，露出微笑。原來蘇菲在考驗我？調皮的蘇菲又在跟我開玩笑？我也決定跟她開個玩笑。

「還好那時候妳跟凱薩琳把身分換回來的時候，記得把戒指拔下來！」

英格莉也笑了，戴上眼鏡，仔細地端詳那個戒指，「我可是蘇菲小偷呢！怎麼可能犯那種低級的錯誤！」

我收起笑容。蘇菲還是凱薩琳的時候並沒有把戒指拿走，因為我跟她說先幫她收著，免得她從凱薩琳換回蘇菲的時候，忘了把戒指拔下來。

當英格莉再度用左手推高眼鏡的那一刻，我回想起之前喝下記憶特調的回憶，突然懂了。

「妳不是蘇菲！」

她愣住。

「英格莉不可能看到我屁股上的親嘴烏龜，除非——」我看著她的眼睛，大聲地說：「除非她變成艾利克，去了希臘和蘇菲度蜜月！」

英格莉終於也收起微笑，放棄掙扎，從沙發縫隙裡找出內褲穿上，轉頭看著我。

「律師都這麼麻煩嗎？」

「妳為什麼要這麼做？」

「你會害了蘇菲！我不會讓你害死蘇菲！」她的臉突然變得好可怕。

「什麼意思？」

「蘇菲決定不跟我們走了，她要留下來跟你結婚，我不會讓你們得逞的！」英格莉說。

「妳……」我從她的眼裡看到了嫉妒，就像我看著凱文那樣。

「蘇菲在哪裡？」

我抱頭大吼，關於變身的一切讓我好痛苦。

但英格莉迅速穿好衣服，關門離去，等我要衝出去追她的時候，已經看不到人影。

英格莉剛剛說的是什麼意思？為什麼我會害了蘇菲？於是，我馬上衝去地下室的百樂門酒吧，手上握著一枚錢幣等在門口。什麼反應也沒有。再等一下……

直到一小時過後，沒有AI掃臉，沒有發卡機，沒有霓虹燈，沒有穿旗袍的女人走進去。

我絕望地想，難道一切真的結束了？我顫抖地打開手機，搜尋「幽靈船」的新聞，最新一則新聞發布時間，是二小時前。

「有民眾目擊幽靈船飛入空中畫面，專家正就拍攝照片鑑定當中，飛碟專家認為有極高可能性是外星人的飛碟，國防部判斷可能是新型的無人機，呼籲民眾切勿恐慌……」

我往下滑到照片，只看到空中一個小點，有點像船的形狀，又像飛機。我不相信，這不是真的！我沒有幻覺，真的有轉身酒吧，而且我曾經變成蘇菲和珊蒂，我沒有精神病，蘇菲不可能一句話都沒說就丟下我！她又在跟我開玩笑吧？

像做了一場大夢一樣，我崩潰地跌坐在百樂門酒吧門口。這時我的手機竟開始震動。「中國衛星飛越南部上空？」這是鏡像簡訊嗎？覺得似曾相識，那不是二〇二四年轟動一時的細胞簡訊嗎？因為國防部把衛星翻成英文的「炸彈」，還連續傳了二次，就在某次總統大選的前夕，大家還以為要發生戰爭了。我把這兩件事連想在一起，該不會當年的衛星，其實也不是衛星？

克莉斯汀那句話又在耳邊響起：「艾利克，你有沒有想過，如果像一場夢，這一切突然間消失……」

不可能，這不是一場夢！就在我感到迷惘無助的時候，突然聞到一陣焦味。這是煙嗎？百樂門酒吧起火了？什麼時候起火的？

雖然轉身酒吧不見，但也許它有一天會再回來。如果它被燒掉，那不只是一個酒吧被燒毀，也會燒掉我再見到蘇菲的希望。「不能燒！絕對不能燒！」我趕緊打了一一九，奮不顧身地衝進去滅火。

第九章　蘇菲——結局

愛情的迷霧

十小時前。

「傑克，我做了決定，我不跟你們走了！」我堅定地說。

傑克說：「蘇菲，妳確定嗎？如果不走，妳可能會死於下一個鏡像的火災事件，因為妳本來就應該死於三十幾年前的那場火災。」

「傑克，你用一艘船救了大家，讓我們活在發生火災的年紀，永遠不會變老，可是這樣跟死了沒有差別啊！」

「怎麼會沒有差呢？至少我們都還活著啊！」

「因為生命不會再往前進了啊！安妮永遠只能跟她的情人繼續跳舞，我成為記者，一段時間就換一個地方重新生活，這不是真的人生啊！」我熱淚盈眶地看著他。

傑克有點哀傷地看著我：「妳真的決定了嗎？」

我說：「嗯，我要留下來跟艾利克結婚。即使只能再多活一天，我也不要離開他。我要當永遠的蘇菲，我不要變身了！」

「如果妳已經做了決定的話……」傑克悵然地說，他沒有再挽留。

我捨不得他，也捨不得大家。我轉頭看向英格莉，那個差點也葬身火場的女孩，在不斷變身的過程，我們一起遷徒了許多地方，她是我最好的朋友，因為她的存在，我相信世界上總有一些東西是不變的，譬如友情，譬如工作上的夥伴，譬如一個最了解妳的人，知道妳生活的習慣，知道妳的舉手投足，知道妳的所有喜好。愛情有鏡像，友情也是。

「英格莉，希望妳到新的地方，會有新的人生。」我轉頭握著英格莉的手說。

「蘇菲姐……」她抱著我哭，「妳真的不再考慮一下嗎？」

「嗯，我已經考慮了很久，這是我的決定。」

英格莉擦乾眼淚，抬頭看著我：「那麼，有件事我也想跟蘇菲姐說。」

「什麼事，說吧！」

「能上樓說嗎？」

「上樓？」我覺得有點怪。

「一下下就好。」英格莉哀求。

「好吧，」我轉頭看著傑克，他卻看著英格莉。

「幹嘛這樣！」我走過去擁抱傑克。

「我真的很捨不得妳。」

「知道啦！你們有任務在身，還要拯救其他困在火場裡的人，怎麼能為我一個人耽擱？去吧，去做你應該做的事，就像蘇菲記者一樣！」我拍拍他的背。

上樓的時候，英格莉突然牽起我的手。雖然不習慣這麼親密，但我沒有拒絕。進了房間，她突然把門鎖上。

「英格莉……」

她突然熱烈地吻我。我極力掙脫。

英格莉說：「我們在希臘也是這樣，妳忘了嗎？」

「希臘？」

我愣了一下，突然明白。

「妳變身成為艾利克？」

「我是啊，妳根本感覺不出任何差別對吧？我們過得很開心，妳都忘了嗎？我們只要再變身成下一對男女，就可以像妳跟艾利克那樣戀愛，無論是身體或心靈⋯⋯」

「等等，英格莉，妳知道在希臘的不是我吧？」我後退了幾步。

換她一臉驚嚇：「不是妳？」

「我已經跟凱薩琳交換人生了，那時候我在辨骷髏戒指的案子！」

「凱薩琳？」英格莉突然露出痛苦的表情。

「英格莉，妳愛的人不是我！妳喜歡的是凱薩琳！」我想奪門而出，如果太晚離開這裡，我會跟著傑克一起到下一個火場點，那可能是地球遙遠的另一方。但英格莉擋住門，不讓我離開。

「我本來以為用一個內線交易，可以繼續把妳關起來。」

「是妳？」

「妳不該愛上艾利克，妳背叛了我！」

我聽不懂她在說什麼。

「我們不是好朋友嗎？」

「這麼多年來，妳身邊只有我！」英格莉激動地說。

我愣住了。

「我無法愛上別人，那是因為——」我話還沒說完，便突然懂了。她以為我是因為她？

「所以，去新加坡開戶的人，是妳？」

「我沒有真的去新加坡。」

「因為妳知道我所有的資料，所以可以遠距開戶？」我恍然大悟。

可是遠距開戶必須要用視訊，為什麼我喝下記憶特調後，沒有英格莉視訊開戶的記憶？

「妳忘了嗎？有次我們換了身分。那次我和新加坡的理專視訊，妳喝下記憶特調後，以為我只是和在朋友聊天。」

我想起那個片段，痛苦地跌坐在床上。

「妳為什麼要這樣對我？」

「妳只有兩個選擇，要嘛跟我走，要嘛留下來，但我絕對不會讓妳跟艾利克在一起！」

「因此，妳在我決定爆料之前，賣空切秒支付的股票？」

「我知道妳從來不關心帳戶餘額，即使帳戶進帳一千萬元也不會發現。這世上還有誰比我更了解妳？」

「所以妳把一千萬匯進我的帳戶？」

「而且我知道進入調查後，一千萬元會被凍結，所以我慢慢用內保外貸的方式買了期貨，錢早就賺回來了。」

我不可置信地看著英格莉，那個我以為很乖的女孩。我早該想到，這世界上還有誰比英格莉更懂金融操作？

「這件事妳規畫了多久？」

「從知道妳愛上艾利克之後。」

「該不會……把線索提供給警察和檢察官的人，也是妳？」

英格莉沒有否認，只是拉起我的手說：「蘇菲，跟我走……」

「我不要！」我大聲說完，想掙脫英格莉的手，但她緊抓不放。

此時，英格莉突然拿出一塊布蓋住我的臉，我突然眼前一黑。

再度絕望

我不知道自己昏迷了多久。當我再醒來的時候，我被全身綁住，嘴巴也塞了布，叫不出聲，而我離鎖住的門有兩公尺距離，於是我想辦法滾到門口，從下面的小門撞出去。我把頭伸出去大喊，這裡半個人都沒有，所有人應該都忙著打包行李去下一站去吧？時間一分一秒地過去，我大聲地哭，希望樓下的傑克能聽到，但沒有任何人走近。

這時候，我聞到煙味，開始咳嗽。

為什麼會有煙味？難道鏡像事件已經發生，還沒見到艾利克，我就會被下一個火災鏡像事件燒死？我絕望地掙扎，全身因為用力哭泣而汗水淋漓，頭髮黏在臉上，只能不斷用頭撞門，希望有人能聽到，但沒有任何一個人來救我。

英格莉去了哪裡？為什麼她要把我綁在這裡？我繼續撞門，煙愈來愈大，黑色的煙霧不斷從小門飄進來。

我努力地呼吸，但氧氣愈來愈稀薄，在神智不清的時候，我想到了文森。

在過去的三十幾年，我無法和任何一個男人在一起，不是因為我愛上了英格莉，而是因為我忘不了文森。三十幾年前，我剛畢業進去報社上班，領到的第一份薪水，就是和文森一起去那間西餐廳吃飯，文森是我的第一個男朋友，一個很可愛的男孩，長得很高，戴著黑色的粗框眼鏡，他總是買好兩張電影票。

發生火災的時候，那情景就像現在一樣，黑色的霧慢慢變濃，頭愈來愈昏。那時文森拉著我的手，我們在黑暗中找到了逃生門，但門卻推不開，大家往一扇打開的小窗戶擠過去，但是人太多了，我們被絆倒，黑暗中，有人踩過我們，沒人注意到地上有人，或是根本不在乎，因為每個人都想趕快衝到那個窗口，而文森用他的身體保護著我，我們搶到最後一個防煙袋……

「不管怎麼樣，妳都要好好活下去，知道嗎？」文森為我戴上那個防煙袋，這是他對我說的最後一句話。

被傑克救起來的時候，我以為自己已經成為鬼魂，直到真的進了報社工作，我才相信自己沒有死。但不會變老這件事慢慢被發現，於是我必須不斷地換報社，而傑克也必須不斷換地方，才不會讓大家的秘密被發現，因此，才有了一百人幽靈船的傳說。

我們就這樣過著無限變身的日子，直到艾利克闖進我的世界裡。我注意艾利克很久了，因為當記者的緣故，我知道他辦了很多都更案，偶爾也會上新聞。本來我覺得他是個無良的黑心律師，直到我採訪了史考特一家。

「那個律師，他付清了我們的房貸，卻不讓我們知道。」史考特的太太這麼告訴我。

「如果人生可以重來一次，我想成為一個更好的人。蘇菲，妳會往這個方向努力吧？」當艾利克這麼問我的時候，我知道他是個好律師，無論他曾經做過什麼事。

此刻我倚著門。「文森，我終於可以去找你了！」我閉起眼睛，準備迎接死亡的到來。

就在我萬念俱灰的時候，竟然聽到腳步聲。

意外的救贖

「蘇菲？蘇菲，妳在哪一間？」有人叫我的名字。

是凱文！可是我無法說話，只能用頭撞門。

他怎麼會知道我在鏡像旅舍裡？

「蘇菲，我來救妳了！」凱文把鑰匙插進洞裡。

但他怎麼會有鑰匙？

黑霧竟然散了，到底發生了什麼事？凱文拿著一條濕毛巾掩鼻，打開了門。

「蘇菲！妳怎麼變成這樣？」他幫我拆掉繩子，拿掉嘴裡的布。

「離十二點還剩下多少時間？」我焦急地問他。

「十分鐘左右。」

「快點帶我離開這裡！」我想站起來，兩腿卻毫無力氣。

「戒指……我的戒指不見了……」我在一片黑煙中，用手探索著地板。

「沒時間了，再不走，我們兩個都會被濃煙嗆死！」

「不行！那是艾利克求婚的戒指！一定是不小心掉在哪裡了！」我焦急地四處尋找。

「妳這個笨蛋，戒指再買就有了！活著才能再見到艾利克啊！」凱文一句話點醒了我。

我終於放棄找戒指，想要扶著牆壁站起，但馬上又腿軟坐下。

「我不行了！你趕快走吧！轉身酒吧已經消失，接著樓上的房間也會消失，距離傑克超過一定距離，鏡像空間就會不見。」我絕望地說。

這時候，凱文蹲了下來。「我揹妳！」於是我爬上他的背，他用最快速度從樓梯衝下去，我看著前方的樓梯愈來愈模糊，一定是傑克的船起飛了，他離地愈來愈遠，所有的東西從下而上開始慢慢消失，於是凱文加快腳步，眼看著鏡像空間的樓梯不斷往後退——

「蘇菲，妳準備好了嗎？」

「要幹嘛？」

「不管怎麼樣，妳都要好好活下去，知道嗎？」

「幹嘛講這種話？」

就在我還沒搞清楚發生什麼事的時候，凱文縱身一跳。我們像自由落體一樣往下墜，我從來沒有像現在這樣從一個鏡像空間跌下去……

摔到地上的時候，我們兩個都大叫出聲，好痛好痛，有那麼一刻，我覺得自己是不是摔死了？

「凱文……你還好嗎？」我爬過去，他好像傷得比我還重。

「蘇菲……這是天堂嗎？」他虛弱地說。

我抬頭，看到天空中有一艘船愈飛愈遠，最後只剩下一個小點。

我驚喜地說：「不，凱文，我們成功了！」

「你看！傑克他們在那裡！」我努力地揮手，不知道他看不看得見我。

「什麼！我們竟然從這麼高的地方摔下來？」凱文臉色慘白。

「還好沒死啊！」我微笑地看著他。

「喔，傑克！是那個酒保？」

「咦，你怎麼會來轉身酒吧？」我突然想到，我為了怕嚇到他，沒有跟他說轉身酒吧的事，只帶他從鏡像安全梯爬到了樓上的鏡像旅舍。

「我想去轉身酒吧找妳，傑克就給了我一整串鑰匙，他說他還有事要忙，叫我趕快去找妳。」

啊，是傑克。

「那你來找我是為了……」

「這部電影真的很好看，我想說，也許妳可以跟艾利克一起去看。」他在口袋裡四處翻找，拿出了兩張皺皺的電影票。

「凱文……」我心疼地看著他。

「其實，我只是想看看妳啦！知道妳被放出來，覺得很開心，但不知道要去哪裡才能找到妳……」

「謝謝你！」我給了凱文一個大大的擁抱。

凱文說：「不客氣。但下次我不敢再去那種地方了！」

「變身之門已經關閉。以後不會有那種地方了。」

「變身？」

「嗯，沒事。」我不想再嚇他。

「對了，骷髏戒指的事，妳不要再查下去了，內線交易那次已經夠嚇人的。」凱文說。

「內線交易的事和骷髏戒指無關，那是——算了，總之是個意外。」我不想再多解釋我和英格莉的關係。

遠方傳來救護車的聲音。那聲音愈來愈大，救護車往我們的方向開來，我知道我和凱文得救了。

「那裡好像發生火災，可能有人叫了救護車。」凱文看著空中竄起的黑煙。

我看向濃煙的位置，那是百樂門酒吧。難怪，當煙往上竄的時候，我們在鏡像空間的旅舍就會被濃煙嗆到。那麼放火的人是……英格莉？

我轉頭。那一刻，我在凱文身上看到了文森的影子。原來我之前會對凱文有一種特別的感覺，那是因為他和文森一樣守護著我。也許除了變身之外，還有轉生這種事？我看著凱文，流下眼淚。

傑克應該早就知道英格莉會做什麼事了吧？他應該要保持中立，但他還是給了凱文鑰匙。他終究無法見死不救。

我抬頭看天空，已經沒有小黑點，只剩一片晴朗的藍天。

重新開始

我兩隻腳打著石膏，艾利克把梨子磨成泥，一口一口地餵我。我把整個故事告訴他。

「所以，誣陷妳內線交易的，其實是英格莉？」

「嗯，我早就說了，怎麼可能是凱文？」

艾利克又露出吃醋的表情：「那英格莉人呢？」

「也許放了火之後，就跟著傑克離開了吧！」

「她怎麼會以為妳愛的人是她？」

「因為這三十幾年來我們幾乎形影不離，而且都沒有交男朋友，這世界上沒有人比我們更了解彼此。」

「那我呢？」艾利克假裝生氣。

我摸摸他的臉：「你差得遠了！我跟她在一起三十幾年，跟你在一起才二年！」

「可是這二年裡，我大概有六個月都是用蘇菲的身體活著！」

「很好，慢慢加油！一定可以超車的！」我故意用復健師的語氣說話，我們兩個都笑了。

「所以，一開始的時候，她以為妳只是想騙我的撲克牌，才會跟我在一起？」

我愣了一下，「其實，一開始是那樣沒錯。」

「那張畫也是妳故意放在百樂門酒吧的？」

「嗯，你是怎麼發現的？」

「因為只有那張畫上面沒有灰塵，特別可疑。」

「那幅畫是我讓傑克為你開的特別通道。」

「原來這個也有特別通道，我還以為只有出國通關的時候才有。」艾利克笑了出來。

「那同數字不同花色這件事——」

「是安排好的，這也是詐騙的一部分。」我終於說了實話。

「突然覺得有點受傷。」艾利克有點生氣地看著我。

「那只是一開始嘛！後來就——」

「無可救藥地愛上我！」艾利克又重複了這句話，讓我想把他放進絞肉機裡。

「自大、狂妄、目中無人、自我感覺良好……」

「但又讓人愛得要死——」我捏著他的臉。

「我一直有個疑問，妳帶我進去酒吧的前一天，我真的喝醉睡著了？」艾利克真是不死心，這件事到底要問幾次。

「我們……進了鏡像旅舍。」我含蓄地說。

艾利克的表情，看起來很興奮。

「其實……」我看著艾利克的眼睛，「沒錯，我們做了那件事。」我只是沒告訴他，那晚我變成馴獸師，而他變成……我怎麼忍心讓他知道真相？畢竟那時候，我以為他只是一個應該被懲罰的黑心律師。

這件事，也會成為我心中永遠的小秘密。

艾利克牽起我的手，開心地說：「那以後，我們就不能再變身了耶！」

「剛開始的確會有點不習慣。」

「所以幽靈船的事是真的，只是它載走的是一群還活著的人？」

「看著像死去了，但傑克把我們救起來。只是，因為我們早該死於那場火災，如果沒有鏡像空間的保護，我們就會死於下一個鏡像事件……」

「我不會讓妳因為另一個鏡像事件而死亡的，從此以後，我們再也不去西餐廳吃飯！」艾利克幼稚地說。

「你聽過睡美人的故事吧？如果這是上天的安排，再怎麼躲都躲不掉。」

「總有辦法的！我們只要找出那場大火的原因，然後避開所有的可能，譬如避開人多的地方、以後都叫外送回家吃、身邊隨時準備氧氣面罩……」艾利克變回一個萬能的律師，又開始想操控全局。

我阻止他再繼續說下去：「我只想跟你在一起，哪怕只有一天、一個小時或是一分鐘，只要我們是貨真價實的艾利克和蘇菲，這樣就夠了。」

「那骷髏戒指的真相……」

「我不想再追了，一切到此為止。」我認真地說，「那約書亞醫師他到底有沒有罪？」

艾利克眨了眨眼：「連法官都會判錯，為什麼每個人都覺得律師可以判斷他的當事人有罪無罪？」

「因為你當他的律師，當然什麼都知道啊！」

「這句話有問題。我當他的律師，只有他願意告訴我的，我才會知道。」

「所以那個旺仔——」我還沒說完，就被艾利克打斷，「剛剛是誰說一切到此為止？」

我嘟起嘴。

好想知道約書亞醫師和家事服務公司有沒有關連，如果沒有關連，為什麼嬰兒死亡的時候，他沒有去通報？但如果他是壞人，就不會有傑克，也沒有變身這件事了。

「蘇菲，放下吧，讓我們重新開始。」

這次換我先說：「不管這次你變成誰，不管是兩個禮拜、一個月還是十年……」

艾利克接著說下去：「我想和妳重新開始，讓我們忘掉過去。」

說完，我和艾利克緊緊相擁。

國家圖書館出版品預行編目

轉身酒吧 / 官雨青著 . -- 初版 . -- 新北市 : 惑星文化 , 遠足文化事業股份有限公司 , 2024.02
面； 公分

ISBN 978-626-97752-5-5 平裝). --

863.57 113001401

轉身酒吧

作　　者　官雨青
副總編輯　黃少璋
封面設計　張巖
排　　版　宸遠彩藝工作室

出　　版　惑星文化／遠足文化事業股份有限公司
發　　行　遠足文化事業股份有限公司（讀書共和國出版集團）
地　　址　231 新北市新店區民權路 108 之 2 號 9 樓
郵撥帳號　19504465　遠足文化事業股份有限公司
電　　話　(02)2218-1417
信　　箱　service@bookrep.com.tw

法律顧問　華洋法律事務所 蘇文生律師
印　　製　成陽印刷股份有限公司
出版日期　2024 年 2 月初版一刷
定　　價　450 元
I S B N　9786269775255